I0760910

SCHONUNGSLOSE KAPITULATION

EINE TEUFLISCHE SCHATTENWOLF ROMANZE

ELLIS LEIGH

Umschlag von Kinship Press
Übersetzt von Annkattrin Schwarz & Regula Scheidegger
Für Anfragen, kontaktieren Sie
ellis@ellisleigh.com

Stolz ist die Hauptsünde des Teufels, und der Teufel ist der Vater der Lüge.

— EDWIN HUBBELL CHAPIN

Gedanken, sich irgendwem zu unterwerfen – besonders einem der kleinen Haustiere des Präsidenten. Die sieben Mitglieder von Bez' Rasse respektierten Blaze, waren sich einig, dass er seine Position verdient hatte, aber das bedeutete nicht, dass sie sich unterordnen würden. Glücklicherweise verstand Blasius die Dynamik des Rudels, als er Bez' Brüder gebeten hatte, mit ihm zu arbeiten. Blasius mochte der Präsident der NVLB sein, der herrschenden Macht über alle Wandler im Land, aber selbst er versuchte nicht, irgendetwas von den Sieben zu verlangen. Er gab Befehle, die das Team befolgte, aber nicht, weil sie es mussten, sondern weil sie ihn genug respektierten, um es freiwillig zu tun. Aber am Ende waren Bez und die anderen Sechs ein eigenes Rudel, eine gesonderte Rasse.

Die Schattenwölfe. Eine Rasse für sich, umhüllt von Geheimnissen. Ein Eliteteam von Soldaten, Fährtenlesern, Hackern und allesamt narzisstische Arschlöcher, die schon Jahrtausende lang Seite an Seite kämpften. Sie waren die Männer, die man rief, wenn die Besten nicht gut genug waren, wenn Kreaturen verschiedener Arten schnell gefunden oder leise zur Strecke gebracht werden mussten... Und Bez war von dem einzigen Mann außerhalb seiner eigenen Rasse gerufen worden, dem er immer zu Hilfe eilte, wenn er ihn brauchte.

Mit gesteigerten animalischen Instinkten, einem größeren Körperbau als der durchschnittliche Mann und einem höheren Maß an Kontrolle über beide Seiten ihrer Natur als gewöhnliche Wandler, waren die sieben Männer in Bez‘ Rudel eine beispiellose Kraft innerhalb der Gestaltwandlergemeinschaft. Eine, die vom Präsidenten der NVLB handverlesen wurde, um sich in ihren überschneidenden Anliegen zu unterstützen. Die meisten Gestaltwandler betrachteten die sieben Auserwählten als Teil der Putzer, die Truppe die Blasius jederzeit bereithielt, um die Geschäfte der NVLB zu erledigen. Aber Bez‘ Rudel war noch mehr, als diese Bezeichnung beinhaltete. Nicht, dass der Rest der Wandler-Bevölkerung ihr Geheimnis kannte.

„Putzer Beelzebub. Präsident Zenne erwartet mich“, sagte Bez, als er den Nordflügel des als Merriweather Fields bekannten Anwesens erreichte. Der Wachmann, der schon seit drei Jahren auf diesem Posten stationiert war, nickte und bewegte sich auf den verschlossenen Eingang mit massiven Doppeltüren zu. Dabei ignorierte er die Sicherheitsvorkehrungen, von denen sie beide wussten, dass sie normalerweise strengstens zu beachten waren, bevor jemand Zugang zum Präsidenten bekam.

Bez knurrte und ließ das Geräusch lauter werden, während er auf den Netzhautscanner und das Tastenfeld neben der Tür deutete. „Hast du nicht etwas vergessen?“

Der Adamsapfel des Wächters wippte, als er schwer schluckte. Er hielt seinen Kopf gesenkt und die Augen abgewandt, um sich dem stärkeren Wolf zu unterwerfen. „Präsident Blasius wartet auf Sie, Sir.“

Bez machte ein brummendes Geräusch, als der Wachmann die Tür öffnete. Netzhautscan übersprungen, Identität des Besuchers nicht bestätigt.

„Bez.“ Dante, Blasius‘ langjähriger Gefährte, begegnete Bez an der Tür, seine Augen waren leer, seine Miene besorgt. „Danke, dass du so schnell gekommen bist.“

Bez nickte, als er über die Schwelle trat, und registrierte jedes winzige Detail des dunkelhäutigen Gestaltwandlers. Denn das war es, was er tat... er achtete auf Kleinigkeiten. Es war eine nützliche Fähigkeit, eine, die ihm bei seiner Arbeit als Fährtenleser gute Dienste leistete. Er vergaß nie ein Gesicht, eine Form oder einen Schatten.

Sobald der Riegel einrastete, stöhnte Bez. „Feuert diesen Wachmann. Er ist nicht Wolfs genug, um die letzte Verteidigungslinie zwischen dem Feind und Blaze zu sein.“

Dante sah nicht überrascht aus. Bez und sein Team von Schattenwölfen arbeiteten schon zu viele Jahre für den Präsidenten und Dante, um sich nicht mit ihnen zu verstehen. Innerhalb einer

Stunde würde der Mann an der Tür verschwunden sein.

Der private Flügel von Präsident Blasius Zenne - seinen treuesten Verbündeten als Blaze bekannt - war ein Ort, den die meisten Gestaltwandler niemals zu Gesicht bekämen. Blaze und seine Gefährten waren lebende, atmende Ziele für jede Art von Gestaltwandler, Mensch oder Bestie, der Zugang zur Macht der NVLB haben wollte. Aber Bez war nicht wie die meisten Gestaltwandler; er war oft genug in den inneren Kreisen willkommen geheißen worden, um einen neuen Kronleuchter zu bemerken, der im Foyer hing und ein Bild beleuchtete, das rechts davon auf dem Tisch stand. Und auf diesem Bild waren die drei Wölfe zu sehen, die die mächtigste Triade Nordamerikas bildeten.

Die beiden Männer schritten in schnellem Tempo den Flur hinunter, keiner sagte ein Wort. Erst als Dante die schweren Türen am Ende des Foyers schloss, die den Wohnbereich von allen, die draußen waren, schützten und schalldicht abschirmten, sprach er.

„Was ist das Problem?“, fragte Bez, sobald die Tür ins Schloss fiel.

„Sie haben sich eine weitere Omega geschnappt.“

Bez unterdrückte sein Knurren nicht, als er sein Tempo beschleunigte, und seine Stiefel hart auf dem Marmorboden aufschlugen. Omegas - besonders seltene, mächtige weibliche Wolfsmenschen – verschwanden seit geraumer Zeit auf dem ganzen Kontinent. Bis jetzt hatten weder die NVLB noch die Putzer und Schattenwölfe auch nur den Hauch eines Hinweises darauf, was mit ihnen geschehen war oder wohin man sie gebracht hatte. Die Frustration seines Teams befand sich auf einem Allzeithoch, der Mangel an Informationen setzte sie unter enormen Druck. Wenn es etwas gab, das die Schattenwölfe mehr respektierten als alles andere, dann war es die angeborene Kraft einer Omega-Wölfin. Die Geschichte deutete darauf hin, dass die Omegas von ihnen abstammten. Die Welt hielt Schattenwölfe für ausgestorben, aber Bez und seine Rasse waren der Beweis, dass sie überlebt hatten. Die Angriffe auf die Omegas kam einem Angriff auf das Rudel der sieben Schattenwölfe so nahe wie nichts, was sich bisher ereignet hatte, und die Männer würden alles tun, was in ihrer Macht stand, um die Omega-Entführer zur Strecke zu bringen und die Frauen zu retten.

Dante führte ihn einen Seitenflur hinunter und in das private Büro des Präsidenten, wo Blaze mit seiner zweiten Gefährtin, einer weiblichen Gestaltwandlerin namens Moira, vor mehreren Karten und anderen Papieren saß. Nur die mächtigsten Gestaltwandler waren mit zwei Gefährten gesegnet, um eine schicksalhafte Triade zu bilden. Nur eine weitere Erinnerung an Blasius Zennes angeborene Stärke.

„Blaze, er ist hier“, sagte Dante, als sie eintraten. Der Mann blickte auf, seine blauen Augen waren hart. Blaze nahm seinen Job und seine Verantwortung gegenüber den anderen Wolfsgestaltwandlern ernst. Jeder, der das bezweifelte, brauchte ihm nur in diesem Moment in die Augen zu sehen, und die Wut, die dort loderte, würde es ihn glauben lassen. Der Verlust einer weiteren Omega war nichts, was Blaze auf die leichte Schulter nehmen würde.

„Danke, dass du so schnell gekommen bist." Blaze stand mit einer animalischen Anmut auf, ein eindeutiges Zeichen dafür, dass sein Wolf nahe an der Oberfläche seines Bewusstseins war. Bez bemerkte den raubtierhaften Blick, mit dem Blaze durch den Raum spähte, und die nicht ganz menschliche Art, wie er den Kopf neigte. Blaze verlor selten die Kontrolle, was bedeutete, dass irgendetwas an dieser Entführung ihn wirklich aus der Fassung gebracht haben musste.

„Sie rufen mich, ich komme. So funktioniert das, Sir." Bez ergriff den Unterarm des Mannes und nickte ihm einmal zu, ein traditioneller Gestaltwandlergruß, der seinen Respekt vor dem dominanteren Wolf zeigte. Blaze ahmte die Bewegung nach; es war eine Bewegung, die man bei ihm nur selten sah, denn sie signalisierte, dass er Bez auf Augenhöhe akzeptierte.

„Ja, nun, ich weiß das zu schätzen.“ Blaze winkte Bez in Richtung der leeren Couch und ging selbst zu der, auf der Moira saß.

„Guten Abend, Bez“, sagte Moira und lächelte ihn an. Sie war neu in ihrer Gruppe; Blaze und Dante hatten sie erst vor Kurzem bei einer Veranstaltung gefunden, die sie jeden Dezember veranstalteten, um Schicksalsgefährten zusammenzuführen.

„Sie haben eine vierte Omega gekidnappt“, sagte Blaze mit einem Grollen in der Stimme. „Diesmal eine junge.“

Bez rutschte an die Kante der Couch und beugte sich nach vorne. „Wie jung?“

Blaze schüttelte den Kopf, offensichtlich um seinen Wolf unter Kontrolle zu halten, während ein lautes Knurren durch den Raum schallte.

Moira legte eine Hand auf Blazes Oberschenkel, um ihn zu beruhigen, bevor sie sich Bez zuwandte. Ihr Blick war fest und direkt. „Sie ist erst fünfzehn. Wir wussten nicht einmal, dass es in diesem Rudel eine Omega gibt. Der Alpha hat sich in den letzten dreißig Jahren geweigert, der NVLB Volkszählungsdaten zur Verfügung zu stellen und hat auf unsere Warnungen bezüglich der Entführungen nicht reagiert. Was wir herausgefunden haben, ist, dass das Rudel relativ klein war: nur sechzehn Mitglieder, die alle auf einem kommunenähnlichen Grundstück in der Gegend von Texahoma lebten."

„War?" Bez kannte die Frau gut genug, um zu wissen, dass sie sich nie falsch ausdrückte. Wenn Moira „war" sagte, wären die Neuigkeiten über dieses Rudel keine guten.

Moira blinzelte und schürzte ihre Lippen. „Sie wurden vernichtet. Außer der Omega hat nur ein einziges Rudelmitglied den Angriff überlebt."

„Das hoffen wir zumindest." Blaze biss die Zähne zusammen, ein Muskel zuckte in seinem Kiefer. „Der Überlebende starb kurz nachdem er gefunden wurde, aber er konnte uns ein paar Informationen geben."

Dante ging durch den Raum und griff nach einer Fernbedienung, um den Flachbildfernseher über dem Kamin einzuschalten. Der Bildschirm wurde hell und zeigte das Bild eines Mannes. Es war düster und leicht unscharf und stammte offensichtlich von einem Weitwinkelobjektiv. Höchstwahrscheinlich war es das Werk von Schattenwolf Levi, der Bilder von den Gestaltwandlern sammelte, denen er begegnete, anstatt sie mental zu katalogisieren, wie Bez es tat. Gut so... der Mann auf dem Bildschirm war einer, den Bez noch nie getroffen hatte.

„Harkens Thearouguard, früher beim Nez-Perce-Rudel in Idaho." Dante blätterte durch eine Handvoll Bilder, allesamt Aufnahmen des Mannes. „Achtundsiebzig Gestaltwandlerjahre alt, ungefähres menschliches Aussehen Mitte dreißig, dunkelbraune Haaren und Augen. Sein Wolf ist ein Tundrawolf, überwiegend schwarz mit braunen Schattierungen. Die letzte dokumentierte Sichtung durch einen NVLB-Regionalbeamten gab an, dass Harkens in menschlicher Gestalt 1,78 m groß war und als

Wolf von der Nase bis zum Schwanz ungefähr die gleiche Größe hatte. Er verließ das Nez Perce Rudel vor acht Jahren und wurde seitdem von keinem NVLB-Beamten mehr gesehen. Der überlebende Rudelkamerad identifizierte ihn als einen der Angreifer."

„Harkens ist also mein Ziel." Bez betrachtete das Bild auf dem Bildschirm und prägte sich jeden Gesichtszug des Mannes genau ein. „Sonst noch was?"

Dante blickte Moira an, Unbehagen hatte sich in seinem Gesicht ausgebreitet. „Der Rudelkamerad der Omega war dem Tode nahe, als er gefunden wurde. Fast völlig ausgeblutet. Der Gestaltwandler, der mit ihm gesprochen hat, konnte nicht sicher sagen, ob der Mann am Ende noch bei klarem Verstand war oder nicht."

Bez lehnte sich zurück und hob eine Augenbraue, fasziniert von der Zurückhaltung in Dantes Stimme. „Und weiter?"

Aber Dante konnte - oder wollte - seinen Gedanken nicht zu Ende führen. Weder er noch

Blaze schienen bereit zu sein, sich dazu zu äußern, was mit dem Rudel passiert sein könnte.

„Oh, verdammt noch mal.“ Moira beugte sich nach vorne, das Gesicht voller Wut. „Dawes murmelte immer wieder etwas davon, dass die Angreifer ein Monster mitgebracht hätten. Eines, das nur die Weibchen des Rudels angreift.“

„Glaubst du, sie haben einen Werwolf gefangen?“, fragte Bez und hob erneut eine Augenbraue, weil diese Möglichkeit so unwahrscheinlich erschien. Werwölfe konnten nicht gefangen und abgerichtet werden wie Zirkusaffen.

Sie lehnte sich verärgert zurück. „Natürlich. Was gibt es denn sonst noch für Kreaturen, vor denen ein Gestaltwandler sich fürchtet und die nur Frauen jagen?“

Die Frechheit, mit der sie Bez begegnete, ließ ihn abermals eine Augenbraue heben. Sie hatte ihn schon immer beeindruckt – vom ersten Moment an, als sie sich kennengelernt hatten. In einem dunklen Korridor bei der letzten Versammlung hatte Moira ihn angelächelt und verzaubert, indem sie Gefährten beschützte die sie nicht kannte, da sie nichts über sie oder ihre Beziehung zu den Schattenwölfen wusste. Sie hatte sich sozusagen selbst den Löwen zum Fraß vorgeworfen und sich dann mit einer einzigen, selbstlosen Tat bewährt. Das Mädchen war mutig, und vor Mut hatte er immer Respekt. Obwohl er ihre Theorie, dass tatsächlich ein Werwolf an der Entführung beteiligt war, ernsthaft anzweifelte.

„Moira“, sagte Blaze, seine Stimme war leise, aber voller Frustration.

Bez sagte nichts und hielt seine Augen auf den Bildschirm gerichtet, um der Triade das bisschen Privatsphäre zu bieten, das er konnte. Er hasste es, den dreien beim Streiten zuzuhören. Wie der Rest seiner Schattenwolf-Brüder hatte er seine Gefährtin nie gefunden, und erwartete es auch nicht. Die meisten Wolfsmenschen wurden nicht viel älter als hundert Jahre, bevor sie die Person fanden, die das Schicksal für sie vorgesehen hatte. Aber die Schattenwölfe unterschieden sich von ihren Cousins. Alle sieben hatten so viele Jahrhunderte ohne Gefährtin gelebt, dass sie aufgehört hatten zu zählen.

Dante entfernte sich von der Rückenlehne der Couch und kniete sich vor Moira und Blaze. „Werwölfe ernähren sich nur von weiblichen Gestaltwandlern, mein Täubchen. Wenn der Vollmond aufgeht, töten sie alles, was zwischen ihnen und ihrer nächsten Mahlzeit steht. Sie sind hirnlose Bestien, absolut unzähmbar."

Moiras Augen wurden weich, ihre Schultern entspannten sich. „Ich weiß, aber..."

Blaze stand auf und stürmte durch den Raum, dann nahm er eine Karaffe und schenkte sich ein Glas einer Flüssigkeit ein, die wie Whiskey aussah. Moira ging ihm hastig hinterher.

Bez teilte seine Aufmerksamkeit und beobachtete das Paar verstohlen, während er sich weiterhin Harkens Gesicht einprägte. Durch seine führende Position in Blazes vertrautestem Team und als Moiras erste Leibwache wusste Bez mehr über ihre Beziehung, als die meisten Gestaltwandler es jemals würden. Er wusste genau, wie sehr Blaze um Moiras Sicherheit fürchtete, und er wusste, dass der Mann genauso große Angst um Dante hatte, auch wenn er sie nicht so offen zeigte. Bez verstand diese Art von Sorge nicht, da ihm noch nie jemand so viel bedeutet hatte. Für ihn schienen diese Dinge übertrieben und zeitraubend.

Schließlich setzten sich die beiden Gefährten wieder zu Dante auf die Couch gegenüber von Bez. Beide sahen nicht glücklich aus, schmiegten sich aber trotzdem aneinander.

Blaze hustete. „Ich muss mich entschuldigen..."

„Sie entschuldigen sich für nichts, Sir." Bez nickte in Richtung des Bildschirms, dankbar dafür, wieder über die Arbeit sprechen zu können. „Irgendwelche Hinweise auf den aktuellen Standort der Zielperson?"

Dante schüttelte den Kopf. „Vor dem Angriff wurde er ein paar Mal mit zwei anderen Gestaltwandlern gesichtet. Es wurde angenommen, dass sie ein eigenes kleines Rudel von Außenseitern gegründet hatten, obwohl wir das nicht definitiv bestätigen konnten. Er wurde in New Orleans und Baton Rouge gesichtet, immer Ende Februar. Allerdings hat ihn seit fast einem Jahr niemand mehr gesehen."

Bez schnaubte und rieb sich mit einem Finger über den Kiefer, während sich die Puzzleteile hinter Harkens in seinem Kopf zusammenfügten. „Natürlich nicht. Es ist noch nicht an der Zeit."

Blaze wandte den Kopf, um Bez einen fragenden Blick zuzuwerfen. „An der Zeit wofür?"

„Für die Eröffnung des Bordells." Bez stand auf und ging in Richtung Tür, zu unruhig, um noch länger zu warten. Sogar sein Wolf schien ungeduldig zu sein, die Bestie winselte danach, freigelassen zu werden. Er sehnte sich nach dem Rausch der Jagd. „Miss Terris öffnet Anfang März. Es ist das einzige Bordell im Süden, das Personal hat, das sich um die einzigartigen Vorlieben eines Gestaltwandlers kümmert. Diese Art von Diskretion ist allerdings nicht billig, was bedeutet, dass unser Kerl das ganze Jahr über hart gearbeitet hat, um seine Konkubine für die Paarungszeit bezahlen zu können."

„Also müssen wir dem Geld folgen", sagte Moira.

„Genau." Als Bez den Flur erreichte, hielt er inne und warf dem einzigen Nicht-Schattenwolf, von dem er je Befehle entgegengenommen hatte, einen Blick zu. „Zurückbringen oder das Ziel zerstören, Sir?"

„Zurückbringen." Blaze warf einen Blick auf Moira, die ihn selbstbewusst und stark anstarrte. „Ich glaube nicht, dass er diese Entführungen geplant hat, aber wir brauchen ein vollständiges Verhör, um sicher zu sein. Die Rettung des Kindes ist unser Endziel."

Bez nickte. „Ja, Sir. Sie wissen, ich werde mich darum kümmern."

„Ich weiß; deshalb haben wir dich gerufen." Blaze begleitete Bez den Flur hinunter und über die Schwelle zwei massiver Türen, die seinen privaten Bereich abgrenzten. Vom Boden erstreckten sich die mächtigen, schalldichten

Türen zehn Meter in die Höhe bis zu den gewölbten Decken. Dunkel und schwer, erinnerten sie an die Schreinertalente eines Rudelbruders von Bez. Schattenwolf Mammon hatte sie geschnitzt, nachdem er einen Wächter beim Verkauf von Informationen über Dante erwischt hatte. Mammon hatte herausgefunden, dass der gierige Scheißkerl vorhatte, den Präsidenten zu entführen und seinen Gefährten als Pfand zu benutzen - ein Plan, den er für schwach, feige und verabscheuungswürdig hielt. Nachdem Bez den Verkäufer und den Käufer aufgespürt hatte, waren die Schattenwölfe als Rudel losgezogen, um die Bedrohung zu beseitigen, etwas, das sie nur selten tun durften. Aufgrund der Tatsache, dass Blaze in ständiger Gefahr schwebte und jedes Mitglied ihres Rudels unterschiedliche Fähigkeiten besaß, neigten sie dazu, getrennt zu arbeiten und sich auf die Putzer als Soldaten und Unterstützung zu verlassen. Aber in dieser Nacht waren sie als Einheit vorgegangen, siegreich wie immer. Zwei Tage später begann Mammon mit den Türen. Er schnitzte und hobelte das Holz mit den Klauen und Zähnen der verräterischen Wölfe direkt auf der vorderen Wiese von Merriweather Fields, um sicherzugehen, dass jeder Gestaltwandler im Team die Strafe verstand, die es nach sich zog, wenn man Geld über Loyalität stellte.

Die Türen boten zwei Ebenen von Schutz: eine physische durch ihre Solidität und ihr Gewicht, die andere akustisch. Einmal geschlossen, erstickten die Türen jedes noch so laute Geräusch von der anderen Seite. Blaze hatte die beiden soeben von Dante und Moira abgeschirmt, um ihre Unterhaltung so privat wie möglich zu machen, obwohl ein starker Gestaltwandler auf dem Hauptflur sie belauschen könnte, sollte er es versuchen. Bez nahm aber an, dass keiner der Wachmänner im Haus sich dieser Versuchung hingäbe, da niemand wusste, was die Putzer dann mit ihnen anstellen würden.

Bez stand in Paradehaltung und wartete auf seine wahren Befehle, sein Nacken steif und seine Schultern hart vor Anspannung. Manche Dinge sollten nicht vor anderen besprochen werden, das hatte er vor langer Zeit gelernt. Und auch sein Präsident wusste das. Blaze warf einen Blick über Bez‘ Schulter und lehnte sich dann dicht an ihn heran.

„Die offizielle Mission besagt, dass Harkens zum Verhör gesucht wird“, flüsterte Blaze mit weit mehr Luft als Stimme, woraufhin Bez fragend die Stirn runzelte. Einen Augenblick lang schürzte Blaze die Lippen. „Inoffiziell hast du meine Erlaubnis, alles zu tun, was nötig ist, und die gesamte NVLB oder meine persönlichen Ressourcen zu nutzen, um Harkens auf deine Weise zu verhören. Ich will, dass diese Omega wohlbehalten nach Fields zurückkommt, und ich will, dass du das Team der Entführer mit ihr herbringst.“ Blaze lehnte sich zurück und begegnete Bez‘ stählernem Blick mit seinem eigenen. „Harkens ist nicht unser Mann und weiß wahrscheinlich nicht einmal, wer der Hauptverantwortliche ist, aber er ist nah genug dran, um zu wissen, wie wir es herausfinden können.“

Bez hatte den Präsidenten verstanden, fragte aber trotzdem: „Und Harkens‘ Schicksal?“

Blazes Augen glühten, sein Wolf drängte nach vorne, als er knurrte: „Kein Thema. Harkens ist nichts weiter als ein Mittel zum Zweck. Bring mir meine Omega und die Leute, die sie festhalten."

„Verstanden, Sir." Bez ließ Blaze im Flur zurück und ging zu den Türen, die aus dem Flügel führten. Sein Wolf wollte losstürmen, war begierig darauf, die Jagd zu beginnen. Und wenn Bez ehrlich zu sich selbst war, war er es auch. Blaze wollte Harkens tot sehen; deshalb waren die letzten Atemzüge des Gestaltwandlers bereits gezählt.

Es war Zeit zu jagen.

2

Sariel kratzte mit dem Daumennagel über den Boden und ritzte eine Rille in das Holz. Ein weiterer Strich, ein weiterer überlebter Tag. Sie prüfte die Tiefe ihrer letzten Markierung und fuhr mit den Fingern über die Furchen. Sie brauchte nicht einmal hinzusehen, um sie zu zählen. Siebenundzwanzig. Siebenundzwanzig Tage eingesperrt in einem Hausboot inmitten eines Sumpfes. Wenn man die Woche dazurechnete, die nach ihrer Entführung vergangen war, bevor die Männer sie eingesperrt hatten, war sie bereits seit über einem Monat von zu Hause weg. Es fühlte sich wie ein ganzes Leben an.

Als die Geräusche der Nachtwesen lauter wurden, näherten sich schwere Schritte, ihr Tempo war eilig. Schnell stand Sariel auf und versteckte sich in einer Ecke des Raumes. Mit zitternden Händen stand sie da, den Kopf leicht gebeugt, die Schultern zur Wand gekrümmt. Unterwürfig. Siebenundzwanzig Tage allein mit denselben vier Männern hatten sie viel gelehrt, vor allem vorgetäuschten Respekt, damit sie ihre Rudelordnung nicht allzu genau kennenlernen musste. Die Spuren ihrer ersten paar Lektionen, als sie versucht hatte, zu fliehen oder sich zu wehren, mochten nicht mehr deutlich zu sehen sein, aber vergessen hatte sie nichts davon.

„Huhu, Blindgänger. Wir haben ein Geschenk für dich."

Sariel unterdrückte ein Wimmern, weil sie Angst davor hatte, was dieses Geschenk sein könnte. Sie hatte das Glück gehabt, von Männern bewacht zu werden, die auf ihren Anführer hörten, und ihr Anführer hatte ihnen verboten, sie anzufassen. Das hatte sie allerdings nicht davon abgehalten, sie auf andere Weise zu quälen.

Sie zuckte zusammen, als die Tür aufflog, und ein großer Gestaltwandler auf der Schwelle stand.

„Schatz, wir sind zu Hause." Er kicherte, während er mit einer Art großem, gerolltem Paket auf der Schulter den Raum betrat. Sariel schnupperte instinktiv, aber ihre Wolfssinne waren zu geschwächt, als dass sie hätte erkennen können, was er mitgebracht hatte. Siebenundzwanzig Tage waren eine lange Zeit, sich nicht zu verwandeln, und während ihr Wolf in ihrem Geist immer noch sehr präsent war, hatten sich die körperlichen Eigenschaften des Raubtiers beinahe vollkommen verflüchtigt. An diesem Punkt war sie praktisch ein Mensch.

Der Mann warf das Paket auf das Feldbett gegenüber von Sariel, bevor er überhaupt einen Blick in ihre Richtung warf. Seine Augen glühten fast, seine Erregung war schier greifbar. Und das machte ihr noch mehr Angst. Sie duckte sich, als er sich näher heranpirschte, und wünschte sich zum millionsten Mal weit fort von diesem Ort. Das Grinsen des Mannes wurde breiter, als er sah, wie sie sich gegen die Wand drückte, ein krankes, irres Lächeln, das ihr Übelkeit verursachte.

„Oh, Blindgänger. Mach dir keine Sorgen, deine Zeit kommt noch."

„Bitte." Sariel erschauderte, als sein Finger an ihrem Arm entlangfuhr. „Ich will nur nach Hause."

„Das steht nicht in deinen Karten, Schätzchen." Er packte ihr Handgelenk, zog es an seine Lippen und leckte es ab. Sariel unterdrückte ein Schluchzen und presste ihre Schulter fester gegen die Wand. „Ich weiß, dass du dich einsam gefühlt hast, deshalb habe ich dir etwas ganze Besonderes mitgebracht."

Sariel holte tief Luft, als er ihr Handgelenk losließ. Sie hasste ihn, hasste die Art, wie er sie ansah, und seine ständigen Berührungen, wenn er in ihrer Nähe war. Kleine Dinge, Andeutungen von dem, was er wirklich wollte. Ihr wurde schon übel, wenn er nur durch die Tür kam. Er hatte sich noch nichts genommen, aber sie wusste, dass das „noch" der wichtigste Teil dieser Aussage war. Seine Zeit würde kommen, und sie wussten es beide. Der sadistische Bastard liebte es, sie damit nervös zu machen, was er eines Tages mit ihr tun würde.

Mit einem wissenden Grinsen gluckste er, bevor er sich wieder dem Feldbett zuwandte. Er tanzte förmlich darauf zu und zog genüsslich an dem Stoff, der um die längliche Form gewickelt war.

„Weißt du, wir brauchten einen Ersatz für dich, da du ja schließlich ein Blindgänger bist und so."

Sariels Herz machte einen Sprung, ihr Bauch krampfte sich zusammen. „Oh, nein."

„Oh, doch." Er grinste, als er erneut an dem Stoff zerrte. Eine kleine Frau, tatsächlich noch ein Kind, rollte vor seine Füße. Sie bewegte sich nicht, reagierte nicht. Sariel konnte nicht einmal sehen, ob das Mädchen noch atmete.

„Was hast du getan?", flüsterte Sariel, unfähig, die Worte zurückzuhalten.

Der Mann zuckte grinsend mit den Schultern. „Wir haben jemanden gefunden, der nicht so nutzlos ist wie du."

„Nein.“ Sariels Magen sank, ihre Augen brannten. Das war ihre Schuld. Ihr dummer, defekter Körper hatte diese Tiere dazu veranlasst, das arme Mädchen zu jagen. Sie war nicht dumm - sie kannte den Grund, warum er sie einen Blindgänger nannte. Sariel hatte es gewusst, seit sie ein Welpe gewesen war. Sie hatte kein funktionierendes Fortpflanzungssystem, und ihre Entführer hatten das herausgefunden, nachdem sie zwei Tage lang invasive medizinische Untersuchungen mit ihr durchgeführt hatten.

„Keine Sorge“, knurrte er, seine Stimme eine Nuance zu hoch, um nicht vor Hohn zu triefen. „Wir haben auch für dich einen Plan.“

Er stupste das Mädchen mit dem Fuß an, bevor er zur Tür ging und die Decke zurückließ, in die er sie eingewickelt hatte. Sariel wartete, bis er die Tür zuschlug, dann verließ sie ihre Ecke. Sie trat leichtfüßig auf, bewegte sich langsam und leise durch den Raum. Fast wollte sie gar nicht wissen, ob das Mädchen noch lebte oder nicht. Sie hoffte es, betete sogar dafür, aber tief im Inneren fragte sie sich, ob der Tod für das Mädchen nicht das bessere Los wäre. Was auch immer diese Monster geplant hatten, es beinhaltete, dass Wölfinnen auf eine Art und Weise benutzt wurden, die ihre schlimmsten Albträume in ihr aufsteigen ließ. Und die Götter verboten, dass dieses Schicksal einem Kind zuteil wurde.

„Bitte, oh bitte, oh bitte." Sariel ließ sich auf die Knie fallen und kroch die letzten paar Zentimeter auf das Mädchen zu. Sie wagte es kaum, zu atmen. Mit zitternden Händen griff sie nach dem Hals des Mädchens. Der Puls pochte langsam, aber stark. Sie lebte.

Sariel wusste nicht, ob sie darüber erleichtert oder enttäuscht sein sollte.

3

Bez preschte über den sumpfigen Boden, seine Klauen griffen nach allem, was sie finden konnten, sein Schritt war lang und aggressiv. Seine Beute rannte vor ihm her, gerade außer Sichtweite, die Geräusche seiner rutschenden, tapsenden Pfoten auf dem nassen Boden verrieten seine Position. Es gelang dem Tier, knapp außerhalb von Bez' Reichweite zu bleiben, nicht, dass Bez das Sorgen bereitete. Die Zeit hatte ihn viele Dinge gelehrt, und eines davon war die Notwendigkeit von Geduld, wenn er auf der Jagd war. Sein Körper war angespannt, jeder Atemzug genau bemessen, als er den Kopf senkte und weiterrannte, geleitet nur vom feinen Sinn seiner Nase. Die Duftspur, die das Tier vor ihm hinterließ, glühte praktisch im Mondlicht, ein helles, starkes Leuchten, das ihm den Weg wies und nach Angst und Adrenalin stank. Seine Beute war verängstigt ... und zwar zu recht.

Als Bez über einen umgestürzten Baum sprang, sah er, wie seine Beute durch das hohe Gras lief. Der Wolf war dunkel und dünn und sah zu klein aus, um ein Gestaltwandler zu sein, aber Bez kannte die Wahrheit. In diesem Wolfskörper lebte ein Mann; einer, den Bez seit fast drei Wochen jagte. Durch schäbige Bars und gesetzlose Gestalwandlergemeinschaften hatte er das Tier vor ihm aufgespürt, jeden Hinweis verfolgt und jeden Zeugen verprügelt, der es wagte, den Mund nicht aufzumachen. Drei Wochen lang hatte der Jäger kaum geruht. Es war an der Zeit, dass die Jagd ein Ende fand.

Er verlangte seinem Körper einen letzten Schub an Geschwindigkeit ab, verlängerte seine Schritte und strengte seine Beine noch mehr an, um das kleinere Tier zu einzuholen. Greifen, krallen, rennen, strecken - Bez gab sich seiner tierischen Seite hin und ließ seinen Wolf das tun, was er am besten konnte - bis die Beute ihm den perfekten Moment bot. Bez stürzte sich auf das Tier, seine Zähne klammerten sich an sein hinteres Sprunggelenk. Er ruckte mit dem Kopf und schleuderte den kleineren Wolf auf den Rücken. Erst als er Knochen brechen hörte, war er mit seiner Eroberung zufrieden.

Sobald das Tier keuchend im Gras lag, kroch Bez auf seinen Bauch. Mit den Füßen auf beiden Seiten des gefallenen Wolfes zog Bez seine Lefzen zu einem Knurren nach oben, bereit, seine Beute mit einem Biss festzuhalten, wenn es nötig war. Das Tier wehrte sich jedoch nicht. Stattdessen schloss es seine Augen und wimmerte, dann neigte es den Kopf, um Bez seinen Hals zu zeigen. Unterwarf sich dem dominanteren Wolf. Schwacher Bastard. Da er wusste, dass er die Oberhand hatte, trat Bez einen Schritt zurück und wechselte in seine menschliche Gestalt, ohne seine am Boden liegende Beute aus den Augen zu lassen.

„Du hast es mir nicht gerade einfach gemacht, Harkens.“ Bez schüttelte den letzten Rest seiner Verwandlung ab, ein vertrauter Schauer lief ihm über den Rücken, als Fell zu Haut wurde. „Jetzt werde ein Mensch, wir müssen uns unterhalten.“

Bis auf einen Versuch, sein Hinterbein auszustrecken, bewegte der gefallene Wolf sich nicht. Zumindest nahm Bez an, dass er versuchte, sein Bein zu strecken - was auch immer für Knochen er ihm gebrochen hatte, das Tier war nicht in der Lage, viel mehr zu tun als zu zucken. Bez starrte seine Beute an und wartete darauf, dass der andere Wolf sich fügte. Er war ganz ruhig im Angesicht des Ungehorsams. Aber nach ein paar Minuten, in denen seine Beute nichts weiter tat als zu zittern und zu wimmern, seufzte Bez. Manche Leute konnten eine Niederlage einfach nicht akzeptieren.

Bez beugte sich über das gefallene Tier und brachte seinen Wolf nah genug an die Oberfläche seines Bewusstseins, um die warme, tierische Kraft in seinem Blut zu spüren. Bez konzentrierte sich auf seine Beute, legte dem anderen Tier eine

Hand auf die Stirn und begegnete seinem glasigen Blick.

„Wandle dich, jetzt."

Das Wimmern des Wolfes verwandelte sich erst in verängstigtes Knurren und dann in Schmerzensschreie, als sein menschlicher Körper durch seine Wolfsgestalt brach. Nackt und zitternd lag der Mann gekrümmt im Schlamm zu Bez' Füßen. Dünn... blass... schwach.

„Ich erzähle dir einen Scheißdreck", spuckte Harkens, während seine Atemzüge sich in ein qualvolles Keuchen verwandelten.

„Ich brauche keinen Scheißdreck. Ich muss etwas über die vermisste Omega wissen, die Junge."

Harkens stöhnte, als er versuchte, sich auf den Bauch zu rollen, die Knochen in seinem Rücken und seinen Schultern kamen der Bewegung seiner Muskeln nicht nach. „Ich weiß überhaupt nicht... nichts."

„Doppelte Verneinung." Bez setzte einen nackten Fuß auf Harkens' Brustkorb.

„Was zur Hölle..." Harkens' Schrei erstickte die Frage, die er gerade hatte stellen wollen. Nicht, dass Bez ihm geantwortet hätte. Er war zu sehr damit beschäftigt, seinen Fuß auf Harkens' gebrochene Rippen zu pressen.

„Doppelte Verneinung, Arschloch. ‚Ich weiß nicht nichts' bedeutet, dass du etwas weißt. Ich gebe dir eine Chance, mir zu sagen, was ich wissen muss. Wenn du das tust, töte ich dich hier, schnell und einfach." Bez lächelte, als die Augen des Mannes sich weiteten. Harkens' Geruch wurde herb und leicht bitter, was Bez' Wolf das Wasser im Mund zusammenlaufen ließ. Ja, er mochte den Geruch von Angst an diesem Mann.

Als Harkens immer noch nichts sagte, stupste Bez seinen Fuß höher und drückte fester zu. „Wenn ich noch einmal fragen muss, wird dein Tod trotzdem kommen, aber er wird nicht schön oder einfach sein."

„Fick dich“, spuckte Harkens durch zitternde Kiefer.

„Falsche Antwort.“ Bez packte Harkens, hob ihn hoch und schleuderte seinen gebrochenen Körper über seine Schultern. Harkens jaulte und versuchte, sich aus Bez‘ Griff zu befreien, allerdings ohne Erfolg. Bez ignorierte jedes Geräusch, und jede Bewegung seiner Beute und trug den anderen Wolf aus dem Sumpfgebiet heraus.

Als Bez seinen Jeep erreichte, warf er seine Ladung auf den Rücksitz. Harkens fluchte und versuchte, aus dem offenen Fahrzeug zu kriechen, aber Bez war schon lange ein Jäger. Wenn sein Wolf einmal jemanden zum Ziel hatte, würde dieses Ziel ihm nicht mehr entkommen.

Während er Harkens mit einer Hand am Knöchel festhielt, griff Bez unter den Beifahrersitz und tastete nach den Handschellen, die er dort versteckt hatte. Ein weiteres Paar befand sich unter dem Fahrersitz und zwei weitere ganz hinten im Auto. Bez war bestens vorbereitet, auch dank des Mechanikers des Schattenwolfsrudels, Luc.

Als Bez die Handschellen an Harkens‘ Knöcheln und Handgelenken befestigte und ihn damit praktisch an den Rahmen des Jeeps fesselte, gluckste er und schüttelte den Kopf. „Ich habe versucht, nett zu sein, aber du musstest es dir ja unbedingt schwermachen. Jetzt werden wir die Sache auf meine Art regeln.“

„Ach, bitte“, grollte der Verletzte und tat immer noch so, als hätte er auch nur den Hauch einer Chance gegen Bez. „Glaubst du, ich habe Angst vor euch Scheißern von der Wilden Rasse? Du hast keine Ahnung, für wen ich arbeite.“

„Nein, habe ich nicht.“ Bez befestigte die zweite Handschelle an dem Rollbügel und ging zur Fahrerseite des Wagens. Er unterdrückte ein Lächeln. Harkens nahm also an, dass er ein Mitglied der Wilden Rasse war? Nicht, dass er etwas gegen den Motorradklub gehabt hätte, den Blaze als eine eher lokal begrenzte Polizeitruppe benutzte. Zur Hölle, er hatte im letzten Jahr sogar mit ein paar von ihnen zusammengearbeitet, als es den Entführern fast gelungen war, eine weitere Omega in die Hände zu bekommen. Er mochte das Team, das er auf der oberen Halbinsel von Michigan kennengelernt hatte, aber die Wilde Rasse war nichts gegen einen Schattenwolf.

Bez sprang auf den Fahrersitz und kümmerte sich nicht um die Tür. „Ich gehöre nicht zur Wilden Rasse. Ich bin viel schlimmer als diese Welpen."

„Also bist du ein Putzer? Hat Blasius so viel Angst vor uns, dass er jetzt schon seine privaten Wachhunde losschickt?"

Bez zuckte mit den Schultern, dann griff er unter den Sitz und zog ein Paar Jeans und ein schwarzes T-Shirt hervor. „Du kannst mich einen Putzer nennen oder nicht. Du bist so oder so tot."

Harkens schnaubte. „Ja, klar. Gib mir eine halbe Stunde, bis diese Knochen verheilt sind, dann werden wir ja sehen, wer hier stirbt."

„Du redest doch nur, Harkens." Bez grinste und zog sich an, dann warf er eine grobe Decke über seine Schulter zu dem Mann, um dessen Nacktheit zu verbergen. Er brauchte auf dem Weg zum Unterschlupf nicht angehalten zu werden, weil Harkens der Öffentlichkeit sein Gehänge präsentierte.

Harkens benutzte seine Beine, um sich im Sitz weiter nach oben zu schieben, ein sicheres Zeichen dafür, dass seine Knochen schon zu heilen begannen. „Du hast nur Muskeln und kein Hirn. Denkst du etwa, ich kann dir nicht entkommen?"

„Nee, Mann... kannst du nicht." Bez begegnete den Augen des Mannes im Rückspiegel und ließ seinen Wolf hervortreten, bis Farbe um die Iris wirbelte, wie es nur bei Schattenwölfen der Fall war. „Mir ist noch nie jemand entkommen."

„Blödsinn." Harkens versuchte, stark zu klingen, aber seine Augen waren weit aufgerissen und sein Herz pochte so laut, dass Bez es vom Fahrersitz aus hören konnte. „Der einzige

Fährtenleser der NVLB, der jemals eine perfekte Bilanz hatte, war Beelzebub, und der ist schon seit über zwanzig Jahren tot. Der verdammte Vampir hat sich um diesen Psychopathen gekümmert."

Bez grinste, als er Gas gab und Schlamm unter den Reifen seines Wagens hervorspritzte. Sein Wolf trat stärker in Erscheinung, woraufhin sich seine Eckzähne verlängerten und seine Augen sich etwas schräger stellten. Der eingebildete Scheißer ließ sich gern an seinen letzten Kampf mit einem ausgewachsenen Vampir erinnern, auch wenn die Geschichte, die die Welt der Gestaltwandler kannte, völlig falsch war. „Ich bin so froh, dass mein Ruf mir vorauseilt, aber tot war ich nicht. Nicht, dass der Vampir es nicht versucht hat. Er hat es sogar sehr versucht."

Als Harkens einen erstickten Laut von sich gab, blickte Bez erneut in den Rückspiegel. Alle Farbe war jetzt aus Harkens' Gesicht gewichen; er sah aus, als hätte er einen Geist gesehen. Was, so vermutete Bez, auch der Fall war, wenn der Mann dachte, ein Vampir hätte ihn erledigt.

„Heilige Scheiße, du bist...“

Bez ließ den Motor aufheulen, als er auf den Highway fuhr, und knurrte in den Wind. „Ganz genau, Harkens. Du tanzt heute Abend mit einem Teufel der Rasse.“

4

Das Würgen begann kurz nach Sonnenuntergang. Sariel war bereits vorbereitet; sie hatte den Eimer gebracht, den man ihr zum Urinieren gegeben hatte, und ein Handtuch. Das Tuch war schmutzig, wie alles in diesem widerlichen Gefängnis, aber mehr konnte sie nicht tun.

„Ruhig, ganz ruhig.“ Sariel goss sauberes Wasser aus dem Krug, den ihre Entführer jeden Tag brachten, auf das Handtuch und legte es dann in den Nacken des Mädchens. „Kämpf nicht dagegen an. Du wirst dich besser fühlen, wenn die Drogen draußen sind."

Das Mädchen weinte und hustete und umklammerte den Eimer, während sie ihren Magen entleerte. Die Geräusche, der Geruch, all das erinnerte Sariel an ihre eigenen ersten Tage auf dem Boot. An das mulmige Gefühl, als die Drogen, die ihre Entführer ihr eingeflößt hatten, sich einen Weg durch ihren Körper bahnten. Die Angst, nicht zu wissen, wo sie war oder wer die Männer waren, die sie gefangen hielten. Die Furcht davor, was sie ihr antun würden. Sie erinnerte sich an jede Sekunde, aber sie hatte diese Momente allein durchstehen müssen. Das Mädchen hatte wenigstens Sariel an ihrer Seite, und sie würde alles tun, um sie zu beschützen.

„Shhhhh." Sariel fuhr mit einer Hand über den Rücken des Mädchens, als das Erbrechen nachließ. „Es ist furchtbar, ich weiß. Aber bald ist es vorbei. Dann kannst du etwas trinken."

Das Mädchen würgte, dann hustete sie erstickt, als sie versuchte, ihr Schluchzen zu unterdrücken. Auch daran erinnerte sich Sariel. Obwohl sie ihren Tränen in den ersten Tagen freien Lauf gelassen hatte. Und dafür auch gehörig bestraft worden war.

„Nicht weinen. Ich bin hier, und ich werde dir helfen. Nur nicht weinen."

Das Mädchen verstummte, dann holte es tief Luft. „Wo bin ich?"

„Eine Art Sumpf. Viel mehr weiß ich eigentlich auch nicht."

Das Mädchen schniefte, hob den Kopf und sah sich um. Sie hatte große dunkle Augen, die zwar rot umrandet waren, aber hübsch. Mit ihrem süßen Gesicht und ihrer zierlichen Gestalt sah sie wie ein Teenager aus. Ein Gedanke, der Sariel den Magen umdrehte. Sie war noch ein Kind.

Einige Zeit saß das Mädchen still da und tat nichts außer zu atmen. Sariel wartete und beobachtete sie. Sie hoffte, dass sie Ruhe bewahren würde, während sie die Realität der

Umstände begriff, in die man sie gerade geworfen hatte.

„Nicht Florida", sagte das Mädchen, ihre Stimme war sanft, aber sicher. „Bayou, vielleicht."

Sariel neigte den Kopf, ihre Stirn zog sich in Falten. „Was?"

Das Mädchen zuckte mit den Schultern und strich sich ihre aschfarbenen Haare aus dem Gesicht. Die Strähnen fingen das bisschen Licht ein, das durch die Fenster fiel, und leuchteten geradezu. Sariel hatte noch nie eine solche Farbe an einem Menschen gesehen. Braun und Grau und Schwarz, alles ineinander verwoben und durchsetzt mit silbernen Strähnen. Sie wettete, dass es gewaschen und gebürstet wunderschön aussah.

Das Mädchen nickte in Richtung des Fensters. „Es riecht nicht nach den Everglades, also wenn es ein Sumpf ist, tippe ich auf das Bayou-Land. Louisiana, sehr wahrscheinlich."

Sariel stieß ein Lachen aus. „Nun, du bist sicherlich schlauer als ich. Ich hätte dir nichts über diesen Ort sagen können, außer dass die Luft so schwer wie eine Wolldecke ist."

Der Mund des Mädchens verzog sich zu einem winzigen Lächeln. „Meine Mutter hat Familie außerhalb von Miami. Mein Bruder und ich haben viel Zeit in den Everglades verbracht."

Sie wurde wieder still, nachdenklich, wahrscheinlich war sie in Gedanken bei der Familie und dem Rudel, dem man sie entrissen hatte. Gedanken, die Sariel allzu gut kannte.

„Ich bin Sariel", sagte sie und versuchte, das Mädchen wieder aus der Reserve zu locken. Um ihr ein Gefühl von Normalität in dieser ungewöhnlichen Situation zu geben. „Ich bin ein Einzelkind und einer von nur drei Gestaltwandlern in meinem Rudel, die jünger als achtzig sind. Ich bin in der Wüste außerhalb von Yuma, Arizona, aufgewachsen."

Das Mädchen starrte sie lange an; ihre zuvor so leblosen Augen füllten sich mit einer Wut, die

Sariel überraschte. „Ich bin Angelita, und ich hatte zu Hause in Texas einen kleinen Bruder, der mir die Welt bedeutete. Aber er, meine Eltern und mein Rudel sind tot. Diese Bastarde, die mich entführt haben, haben alle getötet."

5

Bez stand in der Küche der Jagdhütte, in der er sich während der letzten drei Tage verkrochen hatte, nippte an seinem Kaffee und sah die E-Mails auf seinem Telefon durch. Das Haus gehörte Blaze. Der Mann hatte überall im Land Immobilien, die von kleinen Hütten bis hin zu rieseigen Villen reichten. Alle befanden sich an abgelegenen Orten und waren bis unter die Decke mit Waffen und Vorräten bestückt, falls er ein Versteck brauchte, die meisten verfügten zudem über Gestaltwandler-sichere Räume, um seine Gefährten zusätzlich zu schützen. Der Präsident hatte für fast alles einen Plan, und die

Schattenwölfe waren die einzigen Männer in seinem privaten Sicherheitsteam, die nicht nur Zugang zu jedem Anwesen hatten, sondern auch die Passcodes und das Waffeninventar für jedes einzelne Haus kannten. Etwas, das sich als nützlich erwies, wenn man auf der Jagd nach einer Zielperson war. Oder versuchte, eines zum Reden zu bringen.

Ein Glucksen aus dem Wohnzimmer machte Bez auf den Beginn seines Arbeitstages aufmerksam. Eine weitere Sitzung, ein weiterer Kampf, um den Wichser im anderen Zimmer nicht zu töten, bevor er ihm gegeben hatte, was er brauchte. Und er würde es ihm geben - er versagte nie bei einer Mission, verdammt nochmal.

Bez steckte sein Telefon wieder in die Tasche und trank den letzten Rest seines Kaffees aus. Er spülte seine Tasse aus, achtete darauf, das schwere Keramikgefäß zu trocknen, und stellte es wieder genau an den Platz, an dem er es gefunden hatte. Ein zweites Glucksen und ein Stöhnen ertönte, als er die Anrichte abwischte, aber Bez blieb konzentriert. Es war wichtig, dass er alle Spuren seiner Anwesenheit beseitigte, für den Fall, dass er einen schnellen Abgang machen musste. Präzision und Methodik waren alles in diesem Job; diese Dinge hatte er in jahrhundertelangem Training gelernt. Er würde sich nicht hetzen lassen.

Leise vor sich hin summend, reinigte Bez jeden Zentimeter der Küche, bis sie blitzte und glänzte. Als er fertig war, griff er in eine Schublade und schnappte sich, was er brauchte, bevor er sich dem Raum zuwandte, den die meisten Menschen als Wohnzimmer nutzen würden. Bez hatte ihn etwas anders genutzt. Natürlich hatte er auch einen anderen Job als die meisten Leute.

„Bist du schon bereit zu reden?" Bez warf einen Blick auf Harkens. Der Gestaltwandler hing in der Luft, aufgehängt an einer Kette um seine Knöchel, die an der Decke befestigt war. Mit dem Kopf nach unten, die Arme an die Brust gefesselt, um sich nicht bewegen zu können, schaukelte Harkens über der Plane, die Bez auf dem Holz ausgebreitet hatte, um den Boden sauber zu halten.

Er hatte gute Arbeit geleistet, aber er war noch nicht fertig.

Gestaltwandler waren eine schwer zu tötende Rasse, wenn auch nicht so widerstandsfähig wie einige der Monster, die Bez im Laufe der Jahre gejagt hatte. Dennoch hatten Gestaltwandler eine Regenerationsfähigkeit, die sich jeder menschlichen Logik widersetzte. Um einen Gestaltwandler zu töten, musste man seinen Blutfluss stoppen. Es gab zwei Wege, die Bez bevorzugte, um das zu erreichen. Der erste - das Herausreißen des Herzens - brachte einen schnellen und relativ schmerzlosen Tod, obwohl es nicht wirklich eine Option war, wenn man Informationen brauchte und das Ziel sich weigerte zu sprechen. Wie Harkens.

Angesichts dieser Situation war für Bez nur der zweite Weg infrage gekommen.

Bez hatte den Gestaltwandler in den drei Tagen, in denen er ihn von der Decke hängen ließ, langsam ausbluten lassen, ihn Stück für Stück getötet, jeden Tag eine Handvoll strategisch platzierter Schnitte hinzugefügt. Es sah nach einer blutigen und schmerzhaften Art zu sterben aus, aber das brachte die Lippen in Bewegung. Und Bez‘ Aufgabe war es, die Omega zu finden, nicht seinen Informanten zu einem friedlichen Übergang in das ihnen zustehende Leben nach dem Tod zu verhelfen.

Harkens hustete, woraufhin Blut auf die Plane unter ihm spritzte. Bez sah mit eisernem Blick zu, bis ein Flüstern seine Ohren erreichte.

„Attakapas."

Bez kam näher und umkreiste Harkens. Sein Wolf wurde munter und drängte sich gegen seinen menschlichen Verstand, denn endlich war ein Ende des Wartens auf die eigentliche Mission in Sicht. „Was ist Attakapas?"

„Lager." Harkens hustete wieder, dieses Mal verschluckte er sich an dem Blut, das sich in seinem Mund sammelte. „Sie sollte in ein Lager in der Nähe der Attakapas-Hütte gebracht werden. Bitte. Bitte lass mich runter."

„Wie viele Männer?“ Bez wartete auf eine Antwort, bevor er seinen Fuß benutzte, um den Mann herumzuschwingen. Er ging in die Hocke, legte den Kopf schief und knurrte, während sein Wolf um die Kontrolle rang. Die Bestie war bereit, diese Sache zu beenden... das schwächere Tier zu töten und sich der nächsten Jagd zu widmen. Aber Bez brauchte noch mehr Informationen. „Wie viele Männer bewachen die Omega?“

„Eine Handvoll. Dünn verteilt. Fünf, vielleicht.“

„Das klingt für mich nach Blödsinn.“

„Das Lager ist im Sumpf, ganz tief drin. Der Boss denkt, niemand kann es finden, außerdem hat er...“ Harkens verschluckte sich wieder, sein ganzer Körper zuckte, als er heftig hustete.

Das Blut spritzte an die Wand, und Bez zuckte zusammen. Harkens würde bald tot sein, daran hatte er keinen Zweifel, also würde die Säuberung warten müssen. Egal, wie sehr er es hasste, das zuzugeben.

„Wer ist dieser Boss? Wie ist sein Name?“

„Ich... weiß es nicht. Nenne ihn... den König.“

„Da hält jemand viel von sich selbst.“ Bez stand auf, umkreiste seinen Gefangenen und überlegte, was er tun sollte. „Das ist also alles? Attakapas, irgendwo in einem Bayou, der sich über was... wahrscheinlich hundert Meilen erstreckt? Fünf Männer, die die Omega bewachen. Sonst noch irgendwas?“

Harkens hing still da, die Augen geöffnet, aber leer. Lebendig und doch... nicht mehr ganz.

„Deine Nützlichkeit hat ein Ende.“ Bez schlug schnell und hart zu, schwang das Messer, das er in der Hand hielt, und schlitzte die Kehle des anderen Mannes mit einem einzigen Hieb auf. Das wenige Blut, das noch übrig war, spritzte an die Wand, aber Bez ignorierte es. Der Nervenkitzel der Jagd war zurück, und das bedeutete, dass er sich in Bewegung setzen musste. Ohne innezuhalten, ließ er das Messer fallen, griff nach seinem Telefon und drückte eine Taste, bevor er das Haus verließ.

„Attakapas Refugium“, sagte er, als Dante abnahm. „Das ist der Standort - ein Lager im Sumpf. Fünf Wachen, höchstens.“

„Brauchst du Unterstützung?“

„Nicht für die erste Mission; das schaffe ich allein. Gib Levi aber zur Sicherheit Bescheid, und ruf Mammon an, damit die Schattenwölfe für die zweite Phase der Jagd bereit sind. Das Letzte, was ich gehört habe, war, dass er drüben in Fort Worth ein Auge auf das neue Rudel von Gestaltwandlern geworfen hat. Wenn ich vom Feld zurückkomme, brauche ich Männer, die nicht weiter als vier Stunden entfernt sind.“

„Schon dabei.“

Bez schritt über den Rasen zu seinem Jeep und warf einen letzten Blick auf das Grundstück. „Außerdem werde ich das Haus an meinem jetzigen Standort verkaufen.“

„Verkaufen?“ Dantes Stimme hatte eine Schärfe, die Bez nicht oft hörte. Allerdings machte er auch selten Fehler, die einen solchen Ton hervorriefen. „Darf ich nach dem Grund fragen?“

„Es ist nicht sauber genug.“

Dante antwortete nicht, aber das Geräusch von klickenden Tasten verriet Bez, dass er tippte. „Ich verfolge dich jetzt. Kümmere du dich um den Verkauf; ich kümmere mich um den restlichen Papierkram.“

„Verstanden.“ Bez beendete das Gespräch und gönnte sich einen letzten Moment, um das Grundstück zu begutachten. Er liebte ihre Art, ein Haus zu verkaufen, obwohl sie das nicht besonders oft taten. Sonst würde es zu viel Aufmerksamkeit erregen, ebenso wie ein Mann, der in der Einfahrt stand und ein Haus anstarrte, das es schon bald nicht mehr geben würde. Es war Zeit zu gehen.

Bez stieg in den Jeep, sein Blick war auf den Bildschirm seines Handys gerichtet, der ihm das nächstgelegene Grundstück zum Attakapas Refugium anzeigte. Er ließ den Motor an, während er nach einer schwarzen Fernbedienung im Handschuhfach griff. Er hatte bereits alles vorbereitet, was er brauchte, um dieses Haus zu „verkaufen“, bevor er vor drei Tagen überhaupt zur Tür hereingekommen war. Als er das Ende der Auffahrt erreichte, grinste Bez und drückte den einzigen Knopf auf der Vorderseite des kleinen Geräts.

Nach einer kurzen Verzögerung explodierte die Hütte, und die Stichflamme, die aus ihr emporschoss, war so heiß, dass sie Bez‘ Nasenflügel versengte, als er einatmete. Er ließ die Fernbedienung fallen, nahm seine Sonnenbrille von der Blende und bog in die Hauptstraße ein. Die Attakapas Island Wildlife Management Area war etwas mehr als sechs Stunden entfernt. Und die Omega zum Greifen nah.

6

Sariel erwachte plötzlich aus ihrem Nickerchen, das Herz raste in ihrer Brust. Gott, ihre Träume... so wehmütige, herzzerreißende Visionen der Vergangenheit spielten sich vor ihrem inneren Auge ab, wenn sich ihr Verstand der Fantasie hingab. Bilder von zu Hause, die durch ihren Kopf tanzten, das Gefühl von harter Erde unter ihren Pfoten und das Hochgefühl, das sie nur hatte, wenn sie in ihrer Wolfsgestalt über das raue und doch so schöne Terrain preschte. Sie vermisste es, vermisste alles furchtbar. In ihren Träumen war sie zu Hause in der Wüste, umgeben von ihrem Rudel. Aber wenn sie aufwachte... Nun, dann stürzte sie in eine völlig andere Realität. Eine, die man ihr aufgezwungen hatte. Eine, von der sie nicht wusste, ob sie sie überleben würde.

Das Geräusch eines Schluchzens schwebte wie ein Flüstern von der anderen Seite des Raumes durch die schwere, feuchte Luft, gerade so laut, dass ihre empfindlichen Ohren es vernehmen konnten. Angelita weinte wieder. Die kleine Gestaltwandlerin, die nur eine Woche zuvor in das Hausboot geworfen worden war, tat das seit Tagen: Sie vergrub ihr Gesicht in einem Kissen und schluchzte, weil sie glaubte, niemand höre es. Aber Sariel entging es nicht... Sie hörte das gedämpfte Wimmern, und sie sorgte sich um das junge Mädchen. Möglicherweise sogar mehr, als sie sich um sich selbst sorgte.

Nicht lange, nachdem der Wachmann sich davongemacht hatte, war der Teenager verängstigt, weinend und schreiend auf dem Boden des Hausbootes zu sich gekommen. Sariel hatte fast eine Stunde gebraucht, um das Mädchen so weit zu beruhigen, dass sie sprechen konnte. Weitere zwei, bis sie Sariel ihren Namen gesagt hatte. Es dauerte drei Tage, bis Angelita endlich zugab, wie die Männer, vermutlich dieselben, die Sariel mitten in der Nacht entführt hatten, ihr Rudel überfallen und ihre Familie getötet hatten. Das kleine Mädchen war innerhalb weniger Stunden zur Waisen und zur Gefangenen gemacht worden, und Sariels Herz brach jedes Mal, wenn sie den überwältigenden Kummer in Angelitas hübschem Gesicht sah.

Sariel fuhr sich mit der Hand über die Augen und seufzte, etwas frustriert. Sie konnte Angelita nicht verübeln, dass sie wütend war, aber alles, was die Tränen bewirkten, war, dass die Männer, die sie bewachten, noch mehr wollten. Und die Tiere, die sie beide entführt hatten - die ihrem normalen Leben ein Ende gesetzt und sie in diese feuchte, stinkende Hölle inmitten eines verdammten Sumpfes gebracht hatten - würden diese Tränen von der Kleinen bekommen, so oder so, wenn sie sich nicht bald beruhigte. Für sie war es ein Spiel, das sie mit ihren Gefangenen spielten, wann immer ihnen langweilig war. Und die Bastarde langweilten sich oft. Sariel hatte das schnell gelernt, und sie würde dafür sorgen, dass die Kleine es auch begriff. Man musste sich zusammenreißen, durfte ihnen nichts geben, womit sie arbeiten konnten, seine Emotionen hinter einer Menge innerer Stärke verstecken und vorgeben, ihren Wölfen gegenüber unterwürfig zu sein, damit sie nicht versuchten, ihre Dominanz zu beweisen. Sie würde dafür sorgen, dass Angelita lernte, wie man an diesem Ort überlebte, und zwar ohne die harten Lektionen, die sie selbst hatte durchmachen müssen.

Als ein weiteres Schluchzen Angelita durchzuckte, warf Sariel einen Blick auf den Stuhl neben der Tür. Er war leer. Sie wandte sich wieder dem Bett der jungen Gestaltwandlerin zu, dankbar, dass ihr Wachmann das Mädchen einen Augenblick lang in Ruhe gelassen hatte.

„Angelita", zischte sie, achtete aber darauf, ihre Stimme so sanft wie möglich zu halten. „Liebes, du musst dich beruhigen."

Eine Minute lang war das junge Mädchen still, aber dann brach erneut ein ersticktes Schluchzen durch die schwüle Nachmittagsluft. Das Geräusch schmerzte in Sariels Herz und erinnerte sie daran, wie jung Angelita noch war. Tatsächlich noch jünger, als ihre fünfzehn kurzen Jahre vermuten lassen würden. Ihr Rudel hatte das Mädchen stets gut behütet. Beschützt. Sariel war eine reife Gestaltwandlerin, die Gutes und Schlechtes im Leben durchgemacht hatte, und ihre momentane Situation versetzte sie so in Angst und Schrecken, dass sie sich kaum noch beherrschen konnte. Die arme Angelita hatte keine Chance... zumindest nicht allein.

Sariel glitt aus ihrem Bett und schlich über die Holzplanken, betend, dass sie nicht auf eine knarrende Stelle trat. Das Letzte, was sie brauchte, war, die Aufmerksamkeit der Männer zu erregen, die sie in dieser stinkenden Müllhalde, die sie Hausboot nannten, festhielten. Als sie Angelitas Bett erreichte, kniete sie sich auf den rauen Boden und zog das Laken vom Kopf des Mädchens zurück. Selbst in dem schwachen

Licht, das durch die schmutzigen Fenster in den Raum drang, konnte Sariel Angelitas geschwollene Augen sehen, und die hässlichen roten Striemen, die sich einen Weg über ihre Wangen brannten. Sie weinte jetzt schon viel zu lange.

Sariel legte eine beruhigende Hand auf Angelitas Schulter, beugte sich über sie und flüsterte: „Wenn sie dich hören, werden sie herkommen. Und dann wird alles noch schlimmer."

Angelita nickte und schniefte. „Ich weiß."

„Warum weinst du dann?"

Eine Minute lang war das Mädchen still, und lediglich die Geräusche von Insekten, die Sariel nicht einmal identifizieren konnte, drangen durch die schwere, feuchte Luft. Schwer... sie hatte nie gewusst, dass sich Luft tatsächlich schwer anfühlen konnte. Guter Gott, es war, als würde man die ganze Zeit versuchen, durch eine nasse Decke zu atmen.

„Ich habe Angst“, gab Angelita schließlich zu. Sariel massierte ihre Schulter und rückte näher an sie heran. Angelita öffnete die Augen und sah sie mit so viel Schmerz in ihrem Ausdruck an, dass Sariels Herz einen qualvollen Sprung machte. Angelita hatte Angst, war allein und traurig... Bei mindestens zwei dieser Dinge konnte Sariel versuchen, ihr zu helfen.

„Ich habe auch Angst, und das aus gutem Grund. Aber Tränen machen dich nur schwach, und wir können es uns nicht leisten, schwach zu sein. Wir müssen jetzt stark sein, Kleines. Stärker als diese Männer da draußen.“

„Ich versuche es ja. Aber manchmal...“ Das Mädchen verstummte und blickte an die Decke. Sariel wartete einen Augenblick, dann strich sie dem Mädchen mit einer Hand über die Haare, um ihre Nerven zu beruhigen. Für Sariel waren die Wochen, die sie schon an diesem Ort war, die Hölle auf Erden. Aber für dieses Mädchen, das bei dem Überfall seine ganze Familie und sein ganzes Rudel verloren hatte, bevor es entführt worden war, musste es die reine Folter gewesen sein. Hier hatte sie nichts, woran sie sich festhalten konnte; sie hatte nicht einmal eine Heimat, zu der sie zurückkehren konnte. Dieser Gedanke ließ Sariels Beschützerinstinkte immer wieder neu aufkommen, zeigte ihr mütterliche Gefühle, von deren Existenz sie nie etwas gewusst hatte. Jeder verdiente einen Ort, den er sein Zuhause nennen konnte.

Nach einigen ruhigen Momenten holte Angelita tief Luft, und ihre Stimme klang fester, als sie sagte: „Manchmal denke ich daran, was sie meiner Mutter und meinem Vater angetan haben, und dann kann ich mich nicht entscheiden, ob ich mich rächen oder einfach nur weinen will. Also weine ich, weil ich mich nicht rächen kann." Ihr Blick begegnete Sariels, deren Augen hell leuchteten, als die Kraft ihres Wolfes sich durch ihre menschliche Seite drängte. „Zumindest jetzt noch nicht."

„So ist es", sagte Sariel und wünschte sich, sie könnte ihren eigenen Wolf aus dem Käfig herausschauen lassen, in dem sie ihn festhielt. Sie hatte auf die harte Tour gelernt, sich an diesem Ort nicht zu verwandeln, nicht einmal ihre wölfischen Sinne frei zu lassen. Wenn sie am Leben bleiben wollte, musste sie es in ihrer menschlichen Form tun, ohne die Hilfe ihres größten Verbündeten. „Wir werden ihnen heimzahlen, was sie deiner Familie angetan haben."

Angelita wischte sich die letzten Tränen aus dem Gesicht und klang klein und schüchtern, als sie flüsterte: „Wir kommen doch irgendwann hier raus, oder?"

„Ja, Ma'am", sagte Sariel, ihre Zweifel unterdrückend. „Ich werde auf keinen Fall für immer in diesem Höllenloch bleiben."

„Aber was ist mit den Alligatoren? Der eine Typ sagte, Alligatoren haben keine Angst vor Wölfen."

Sariel verdrehte die Augen. „Liebes, ich habe vor vielen Dingen Angst. Vor unkontrollierbaren männlichen Gestaltwandlern, vor Messern, vor engen Räumen, vor Feuerameisen. Aber ich habe keine Angst vor einem prähistorischen Wrack, das irgendwo da draußen in diesem trüben

Wasser herumschwimmt. Ich komme aus der Wüste; bei uns gibt es fiese Viecher mit Stacheln und Schlangen im Überfluss." Sariel deutete auf das hintere Fenster, das einzige, das man öffnen konnte, um frische Luft hereinzulassen. „Aber dieser Sumpf? Das ist unsere Flucht, unser Weg, ein neues Zuhause zu finden, unsere einzige Chance zu überleben. Das ist die Freiheit da draußen. Und auf keinen Fall werde ich mir den Weg in die Freiheit von einem Reptil versperren lassen."

„Und was machen wir jetzt?"

„Wir hören zu... und wir beobachten. Wissen ist unsere stärkste Waffe, Kleines. Wir behalten die Männer im Auge und finden heraus, was los ist. Zum Beispiel, dass der Dunkle seinen eigenen Kot nicht riechen kann, oder dass der große Blonde ein kleines Hörproblem zu haben scheint. Solche Dinge können wir zu unserem Vorteil nutzen, stimmt's?"

Sariel lächelte, als Angelita nickte. „Nur noch ein bisschen länger, und wir werden unsere Chance bekommen. Es ist nur eine Frage der Zeit. Diese Jungs da draußen denken, sie hätten ein paar zarte Blütenblätter an den Händen. Sie haben noch nie wirklich gesehen, was passiert, wenn eine von uns seine Krallen zeigt."

Angelita war einen Moment lang still, die Lippen zusammengepresst. „Was ist, wenn sie uns vorher holen kommen oder uns trennen?"

Sariels Magen sank, aber sie hielt den Mund. Sie hatte neulich ein Gespräch über genau diese Sache mitgehört. Sie brauchten Angelita irgendwo im Norden, und Sariel wurde überhaupt nicht mehr gebraucht. Sie hatte nie gedacht, dass ihre Unfruchtbarkeit eine gute Sache sein könnte, aber nachdem sie von einer Gruppe entführt worden war, die sie nur zu Zuchtzwecken benutzen wollte, hatte sie ihre Meinung schnell geändert. Jeden Tag dankte sie den Sternen für diesen kleinen biologischen Defekt. Aber Angelita hatte nicht so viel Glück. Die Männer hatten sie bisher in Ruhe gelassen, außer um das Kind zu piesacken und zu quälen, aber sie wusste, dass das aufhören würde, sobald sie sie einmal an ihr

Ziel gebracht hatten. Angelita war in ernster Gefahr, und Sariel konnte nur hoffen, dass sie gemeinsam fliehen konnten, bevor sich das Ganze zuspitzte.

Sariel tat ihr Bestes, um den Kummer nicht zu zeigen, der sie innerlich auffraß, und legte das schmutzige Laken um Angelitas Schultern. „Darüber darfst du im Moment nicht nachdenken. Wir haben drei Dinge zu tun - beobachten, warten und planen. Wenn wir das tun, kommen wir raus. Punkt."

Angelita nickte und schmiegte sich an Sariels Seite. Die beiden lagen still und ruhig da und lauschten dem Chor der Insekten, die vor sich hin summten. Frösche quakten und plantschten im Wasser, Vögel schrien, und in der Ferne brüllten Alligatoren. Geräusche, an die sich Sariel irgendwie bereits gewöhnt hatte. Und bei den Göttern, war es nicht eine kranke, traurige Tatsache, dass sie schon lange genug an diesem Ort war, um sich an all das zu gewöhnen?

„Was willst du tun, wenn du hier rauskommst?“, fragte Angelita und durchbrach damit die schwere Stille.

„Außer einen ganzen Tag lang zu duschen?“ Sariel zwinkerte ihr zu und lächelte; beide Frauen fühlten sich unwohl mit den fehlenden Möglichkeiten, sich zu waschen. „Ich möchte Essen ... richtiges Essen. Und ich würde mir gerne einen gutaussehenden Gestaltwandler suchen, an dem ich mich für ein paar Stunden festhalten kann.“

Das Mädchen kicherte und erinnerte Sariel daran, wie jung sie wirklich war. Nicht nur an Jahren, sondern auch an Erfahrung und Reife. Angelita, die Prinzessin ihres Rudels, war der Inbegriff einer behüteten jungen Frau. Zu alt, um noch ein Kind zu sein, aber auch noch nicht bereit, eine Frau zu sein. Gefangen im Dazwischen, wo die Emotionen hochkochten und jede Enttäuschung das Ende der Welt heraufzubeschwören schien. Sariel hoffte, dass sie ihr helfen konnte, aus diesem Gefängnis freizukommen, damit sie die Chance hatte, in Sicherheit und Geborgenheit noch ein wenig erwachsener zu werden. Irgendwo, wo man sie ehren und ihre Unschuld schützen würde, während sie sich Schritt für Schritt mit ihrem kommenden Dasein als Frau vertraut machte.

Aber selbst, wenn sie wusste, wie vorsichtig sie sein musste, hatte Sariel nicht vor, das Mädchen anzulügen. Nicht, was ihre Hoffnungen im Falle einer Flucht anging. Wenn es Angelita zum Erröten brachte, so sei es. Eines Tages würde sie verstehen, welche Anziehungskraft zwei starke Arme haben konnten, die man um seinen Körper spürte.

„Und wenn ich sauber bin“, sagte Sariel, grinste über Angelitas Erröten und sah zur Decke hinauf. „Wenn mein Bauch voll ist und ich diesen netten Gestaltwandler dorthin zurückgeschickt habe, wo er herkam, will ich in den Norden.“

Angelita schmiegte sich enger an sie und streckte die Beine aus, um sie zu berühren. „Warum nach Norden?“

Aber, oh, diese Antwort war gefährlich. Sariel zuckte mit den Schultern und versuchte, das feuchte Brennen in ihren Augen und ihre zitternden Hände zu verbergen. „Ich habe noch nie Schnee gesehen, aber ich glaube, es würde mir gefallen."

Angelita wurde still und ihr Gesicht ernst, während sie Sariel anstarrte. In ihrem Blick lag ein eigenartiges Verständnis dafür, dass sie Schnee sehen wollte. Nur ein einziges Mal. Denn die Tatsache, dass sie entführt und in dieses Höllenloch im Bayou gebracht worden war, hatte die Möglichkeit, dass ihr Leben enden könnte, in ihrem Kopf in den Vordergrund gerückt. Sie war in Schwierigkeiten, und Angelita auch. Wenn Sariel aus diesem Schlamassel herauskam, würde sie all die Dinge tun, die sie vor der Nacht, in der diese Männer in ihr Haus gestürmt waren, immer aufgeschoben hatte. All die Dinge, die sie schon immer hatte tun wollen, so dass sie nicht das Gefühl hatte, etwas zu verpassen. Sie würde das Leben führen, von dem sie immer geträumt hatte, ob es ihrem Rudel nun gefiel oder nicht.

7

Die späte Wintersonne brannte hell am westlichen Himmel, als Bez vor dem Haus am See anhielt. Das Gebäude sah erstaunlich gepflegt aus, wenn man bedachte, wie lange es schon leer stand, obwohl das Grundstück definitiv einen verlassenen Eindruck machte. Nicht, dass Bez sich viel darum scherte, ob das Haus optisch ansprechend war - es lag nahe genug an dem Ort, an dem die Omega versteckt war, also konnte er sich hier verschanzen. Diese Tatsache wog schwerer als alle anderen Faktoren. Zur Hölle, Bez hätte sich auch eine

Jagdplattform auf einem Baum ausgesucht, wäre es seine einzige Möglichkeit gewesen.

Wie alle von Blazes persönlichen Besitztümern bot auch das Haus am See Privatsphäre. Es lag weit genug von anderen Häusern entfernt, um neugierige Nachbarn fernzuhalten. Eine Notwendigkeit, wenn man es mit Männern zu tun hatte, die sich im Handumdrehen in Wölfe verwandeln können. Auf einer leichten Anhöhe gelegen und mit Blick auf über hundert Meter Gras in drei Richtungen vom Ufer, gab es keine Möglichkeit, das einstöckige Haus anzugreifen, ohne vorhergesehen oder gehört zu werden. Ein leicht zu verteidigender Ort, der, wenn die Aufzeichnungen, die Bez über das Anwesen gelesen hatte, immer noch zutrafen, mit Waffen und Evakuierungsvorräten gefüllt war... also genau das, was er brauchte.

Er benutzte das Tastaturschloss an der Garage, um sich Zugang zum Haus zu verschaffen, und war zufrieden mit den Brandschutztüren aus massivem Stahl. Sie würden einen Gestaltwandler, der hineinwollte, nicht unbedingt aufhalten, aber sicherlich verlangsamen und dafür sorgen, dass er nicht unbemerkt blieb. Perfekt, wenn man sich im Haus aufhielt.

Wie erwartet, enthielt die Küche zahlreiche Behälter mit unverderblichen Lebensmitteln und Wasser in Flaschen. Genug, dass drei Personen ein paar Monate lang davon überleben konnten. Blaze machte keine halben Sachen. Bez schnappte sich eine Tüte Beef Jerky und ging weiter durch das Haus, schnüffelte jedes mögliche Versteck aus und warf einen Blick hinter jede Tür.

Schließlich wurde er von seinem klingelnden Telefon unterbrochen. Er schnaubte, als er den Namen des Anrufers sah.

„Was ist los, alter Mann?“, fragte Bez, lehnte sich an die Schlafzimmerwand und spähte aus dem Fenster auf den See.

Deus, einer seiner Schattenwolf-Brüder, gluckste. „Halt die Klappe, Kleiner. An diesem Punkt spielt die Tatsache, dass du zwei Wochen jünger bist als ich, keine Rolle mehr.“

„Das ist deine Meinung.“ Bez ging wieder zurück in das Wohn- und Esszimmer, wo er unruhig hin- und herlief. „Was ist los?“

„Warum zum Teufel bist du in Louisiana?“

„Verfolgst du mich schon wieder?“ Bez schüttelte den Kopf. Er hätte nicht überrascht sein sollen. Deus hatte jeden der Jungs mit Chips in ihren Handys und Autos ausstatten lassen. Mammon scherzte gerne, dass der Mann sie als Nächstes alle chippen lassen würde wie neugeborene Welpen.

„Nee, ich habe nur ein Signal von einem von Blazes Häusern am See bekommen, und das stimmte mit deiner GPS-Position überein. Dachte, du wärst auf Alligatorjagd oder so.“

Bez drehte sich auf der Stelle, betrachtete die Wände und Einbauten genauer und fragte sich, welche Tür oder welcher Bewegungsmelder eine Benachrichtigung an Deus ausgelöst hatte. Und wie es sein konnte, dass ihm das entgangen war. „Negativ. Ich habe einen Auftrag von Blaze.“

„Brauchst du mich für irgendetwas?“

„Noch nicht. Ich habe einen soliden Plan, und ein paar Brüder, die in den Startlöchern stehen.“

„In Ordnung. Ruf an, wenn du uns brauchst.“ Deus legte auf, ohne Bez die Chance zu geben, sich zu verabschieden. Der Mann blieb nie lange bei einem Thema, er war zu sehr mit seinen Computern beschäftigt, als um sich um Menschen zu kümmern.

Fest entschlossen, die benötigten Vorräte zu finden, machte sich Bez wieder an die Erkundung des Hauses. Nachdem er fast eine Viertelstunde lang in Schränken und hinter Türen geschnüffelt hatte, fand er den Schrank, der mit Gewehren und Waffen gefüllt war. Schrotflinten und automatische Gewehre standen bereit, und in großen Schubladen aus Metall fand er Munition, Handfeuerwaffen und Sprengstoff. In einer unteren Schublade fand Bez sein persönliches Lieblingsstück. Große, flache Messingringe lagen auf einem hölzernen Gestell, das von einem mittigen Dübel festgehalten wurde. Die Ringe waren den indischen Wurfringen, die als Chakrams bekannt waren, nachempfunden und strahlten förmlich, als ein Lichtstrahl auf sie traf, schön und auf Hochglanz poliert. Ein sehr tödlicher Glanz. Schattenwolf Thaus, der Waffenexperte der Gruppe, hatte uralte Chakrams genommen und sie überarbeitet, um sie an den Jagdstil der Schattenwölfe anzupassen. Leicht und einfach zu werfen, passten die Ringe über die Breite von Bez‘ Hand. Perfekt gewichtet für den Flug. Perfekt geschärft, um selbst das dickste feindliche Fleisch fast lautlos zu durchtrennen. Perfekt geformt, um in die Tasche seiner schwarzen Arbeitskleidung zu passen, wo ein paar von ihnen jetzt auch hinkamen. Nur für den Fall der Fälle.

Sein Telefon klingelte wieder, doch dieses Mal verdrehte Bez die Augen, als er den Namen des Anrufers sah.

„Was, Junge?“

„Warum musst du mich so anmachen, Bruder?“ Levi lachte; ein Geräusch, was er beinahe ständig von sich gab. „Ich habe von Dante einen Wink bekommen, dass ich eine Weile in deiner Nähe bleiben soll. Was gibt's?“

„Eine Mission. Eine weitere Omega wird vermisst.“

„Verdammte Scheiße.“ Levi lachte nicht mehr, nicht, dass Bez das von ihm erwartet hätte, sobald er wusste, was die Mission war. Die Schattenwölfe waren stinksauer über die Angriffe auf diejenigen, die sie als ihre Verwandten ansahen. Sogar Levi, der Spaßvogel der Gruppe - derjenige, der härter feierte als alle anderen und alles bereitwillig nahm, was die Welt einem fünfundsechzigjährigen, muskulösen, gutaussehenden Jungen wie ihm an Frauen, Alkohol und Abenteuern zu bieten hatte – wurde wütend, wenn ihn die Nachricht erreichte, dass schon wieder eine Omega in Schwierigkeiten steckte. Sie alle hatten eine Schwäche für die Wölfinnen, obwohl Bez die Theorie hatte, dass Levis Schwäche größer war als die der anderen. Er schien jedes Verschwinden als persönliche Herausforderung zu sehen, noch mehr Risiken einzugehen und sich in noch gefährlichere Situationen zu begeben, alles im Namen der Suche nach den Wölfinnen. Etwas, das den Rest des Teams, einschließlich Bez, nervös machte. Um ihre Missionen zu erfüllen, mussten sie alle bei der Sache sein, den Plan einhalten und ihre Instinkte unter Kontrolle haben. Levi überschritt jede Grenze, die sie gesetzt hatten und gefährdete damit möglicherweise jede Mission.

„Wie lautet der Plan?", fragte Levi schließlich, seine Stimme rau, seine Wut deutlich hinter seinen Worten. Ein Mann, der bereit war, zu zielen, zu schießen und nachzuladen. Aber Bez konnte das Mädchen nicht für Levis Cowboy-Eskapaden riskieren.

„Ich jage. Du bleibst in der Nähe wie befohlen."

„Ich kann runterkommen und mit dir jagen. Ich bin nicht so weit weg – ich könnte morgen früh da sein."

„Negativ. Das Protokoll besagt, dass in solchen Situationen die erste Jagd allein stattfinden sollte."

Levi knurrte laut genug, um Bez' Wolf zu wecken. Er hörte, wie er selbst das Knurren erwiderte.

„Scheiß auf das Protokoll. Eine Omega ist in Schwierigkeiten. Lass mich helfen."

Bez überlegte, ob er ihm die ganze Geschichte erzählen sollte - darüber, wie die Entführer ihr Rudel getötet hatten und dass sie fast noch ein Kind war - aber er wollte Levi nicht noch mehr aufregen. Schießwütige gewannen selten einen Krieg. „Halt dich zurück, Leviathan. Ich habe das im Griff. Du bist mein Schatten und hältst deinen Arsch dicht in meiner Nähe."

Levi war länger still als nur für einen Atemzug. Der Junge hatte genauso viel militärisches Training durchlaufen wie der Rest der Schattenwölfe, aber er kämpfte immer noch mit der Ausführung von Missionen. Diese Art von unbekanntem Element konnte Bez bei diesem Auftrag nicht gebrauchen.

„Gut", spuckte Levi schließlich. „Ich werde an der Drei-Stunden-Marke von deinen Koordinaten sein."

„Vier."

„Drei, sonst tauche ich auf der verdammten Veranda auf und esse deine Snacks, während du jagst."

Bez knurrte und knallte eine Schublade zu. Dieser Junge stellte seine Geduld auf die Probe. „Leviathan..."

„Ich kann dich auch mit deinem vollen Namen ansprechen, Beelzebub. Jetzt hör auf, ein Arschloch zu sein und akzeptiere die Tatsache, dass drei Stunden Entfernung weit genug sind."

Bez schloss die Augen und konzentrierte sich darauf, die Beherrschung nicht zu verlieren. „Gut. Aber nicht eine Meile näher."

„Schön. Jetzt beweg deinen Arsch da raus und jage, du fauler Wichser. Ich habe eine lange Fahrt vor mir, um in Position zu kommen."

„Drei Stunden, Levi. Ich mache keine Witze."

„Das tust du nie, Arschloch."

Ein Klicken ertönte in der Leitung, Levi hatte aufgelegt. Bez starrte auf das Gerät in seinen Händen. So sehr er seine Brüder auch liebte, er empfand Levi als die größte Herausforderung. Mit fast fünfzig Jahren war er der Jüngste der Sieben, und er war nie wirklich aus diesem Kleiner-Bruder-Verhalten herausgewachsen. Zumindest nicht genug für Bez' Geschmack.

Mit einem tiefen Atemzug steckte Bez sein Telefon ein und machte sich wieder an die Arbeit. Er konnte nichts gegen Levi tun, und er würde die Hilfe vielleicht später brauchen. Der Junge war besser als nichts.

Bez legte den Großteil der Waffen zurück an ihren Platz, bevor er sich der großen Metallkiste widmete, welche die Dachbalken des Gebäudes streifte, wie ein Schiffscontainer aus hochglanzpoliertem Stahl. Die Kiste und der Waffenschrank, der neben ihr stand, waren nur über eine ausziehbare Leiter erreichbar, die in einer Zugangsklappe an der Decke des hinteren Hausflurs steckte. Der Dachboden war nahezu luftdicht versiegelt, was es selbst für einen

Gestaltwandler mit Bez‘ starken Sinnen schwierig machte, zu erkennen, was genau sich dort oben befand. Selbst bei geöffneter Zugangsklappe konnte Bez die Gerüche des Stockwerks unter sich kaum wahrnehmen.

Die Kiste entpuppte sich als ein einfacher, aber sicherer Tresorraum. Mit einer dicken Stahldecke, gepanzerten Wänden und einer Eingangstür mit Tastatur gab es nicht einmal für jemanden, der so stark wie ein Wolfsgestaltwandler war, einen Weg, gewaltsam in die Metallbox einzudringen. Der perfekte Ort also, um die Omega zu verstecken, während Bez und sein Team die Gestaltwandler jagten, die sie entführt hatten. Aber zuerst musste er sie finden und sie aus dem Sumpf holen. Lebendig.

Bez stand in der Küche und beendete seinen Snack, bevor er zwei Flaschen Wasser trank. Als er fertig war, fühlte er sich aufgetankt und ungeduldig, seine Suche zu beginnen. Sein Wolf hatte den ganzen Tag versucht, sich nach vorne zu drängen, der Ruf des Sumpfes war zu stark, um ihm widerstehen zu können. Das Tier in ihm musste jagen, finden, zerstören. Das waren seine Ziele, seine Mission. Bez wusste, wenn er die Bestie erst einmal freiließ, würde er sie nicht mehr einsperren können, bis er Erfolg hatte. Auf keinen Fall würde er rasten oder mit leeren Händen zurückkehren. Er würde tagelang durch das sumpfige Land jagen, wenn es nötig wäre.

Und sein Wolf würde jede verdammte Sekunde davon lieben.

Nachdem er das Grundstück gesichert hatte, zog sich Bez auf der überdachten Veranda aus. Die Sonne war in der letzten Stunde ein wenig gesunken, was die Zeit als späten Nachmittag kennzeichnete. Eine Zeit, in der Wölfe gerne faul waren und schliefen. Bez konnte die natürlichen Tendenzen seines Tiers nutzen, um das Lager im Bayou ein wenig auszukundschaften, sobald er es gefunden hatte. Und er würde es finden. Daran bestand für ihn kein Zweifel. Blaze hatte ihn nicht ohne Grund auf diese Mission geschickt. Bez war ein geborener Spurenleser, ein langjähriger Soldat in Blazes Armee und außerdem ein Schattenwolf. Größer, böser und stärker als alle anderen Wolfsgestaltwandler da draußen. Wenn Blaze wollte, dass er die Omega fand, *würde* er sie finden. Scheitern war keine Option.

Er streckte sich ein letztes Mal und wechselte in seine Wolfsgestalt, dann schüttelte er sein Fell aus, als seine Pfoten auf den Holzplanken der Veranda landeten. Seine Sinne schärften sich, und sein Gehirn verarbeitete die zusätzlichen Informationen schnell. Da war sie, seine erste Chance, das Lager zu finden. Er würde nicht aufhören zu suchen, bis er ihren Standort ausfindig gemacht hatte. Bis er die Omega genau im Visier hatte.

Mit einem leisen Schnauben lief er über das grüne Gras in Richtung Wald davon.

In Richtung der Jagd.

8

„Was sollen wir heute machen?“

Sariel ließ ihren Fuß von der Liege baumeln und ließ ihre Zehen auf dem Holzboden hin und her schleifen. „Ich habe gedacht, vielleicht könnten wir ein bisschen an den Pool gehen. Vielleicht ein bisschen Sonne tanken, meine Bräune auffrischen und mir von den Cabana-Jungs den ganzen Nachmittag Margaritas bringen lassen.“

Angelita kicherte, das Geräusch zauberte ein Lächeln in Sariels Gesicht. „Nein, Dummerchen. Was sollen wir wirklich machen?“

Sariels Lächeln sank. „Das Gleiche wie immer. Hier sitzen und uns wünschen, wir würden nicht hier sitzen."

Angelita wurde still, und der Raum füllte sich mit einer fast greifbaren Spannung. Das war Scheiße. Sie hasste es, wenn sie sich in Angelitas Nähe unwohl fühlte. Sie war nur ein Mädchen, ein junges, verängstigtes Mädchen, das jemanden brauchte, der auf sie aufpasste. Das war zu Sariels Aufgabe geworden, und manchmal war sie beschissen darin.

„Ich habe nur Spaß gemacht", sagte Sariel und versuchte, ihre Stimme leicht zu halten. „Wir könnten wieder Karten spielen."

Angelita schwieg einen Moment lang; lange genug, dass sich Sariels Herzschlag beschleunigte. Das Mädchen hatte eine Art, jeden um sie herum zu durchschauen, auch Sariel selbst. Wenn sie sich zu sehr bemühte, fröhlich und positiv zu sein, zog sich Angelita zurück. Wenn sie es zu wenig versuchte, nervte das Mädchen sie so lange, bis sie wieder daran glaubte, dass sie hier herauskommen würden. Sariel wusste nie, in welche Richtung sich die Gedanken der Kleinen entwickeln würden.

„Weißt du, was ich heute machen will?“, fragte Angelita mit ihrer sanften Stimme.

Sariel drehte den Kopf, um das Mädchen anzusehen. Sie nahm an, dass sie in ein paar Minuten Karten oder Schach oder etwas ähnlich Einlullendes spielen würden, um sich von ihrer gegenwärtigen Situation abzulenken. „Was denn, Kleine?“

„Ich will von diesem Boot runter.“

Die Luft im Raum wurde schwerer, dicker, als es allein die Luftfeuchtigkeit verursachen konnte. Sariel schloss die Augen und holte tief Luft, bevor sie ihre Worte langsam zusammensetzte. Sie suchte nach einer Antwort oder einer Reaktion, die Sinn ergab. Das würde Angelita helfen, sich wieder auf das zu konzentrieren, was sie unter Kontrolle hatte, anstatt auf Dinge, die sie nicht beeinflussen konnte.

Aber schließlich schnaubte Sariel. Sie waren auf einem Hausboot inmitten eines verdammten Sumpfes gefangen und wurden rund um die Uhr bewacht. So optimistisch sie auch eingestellt sein mochte, Sariel musste zugeben, dass es so gut wie keine Fluchtmöglichkeiten gab. Sie grub tief, suchte nach dem Hoffnungsschimmer, den sie nur ein paar Tage zuvor gefunden hatte, aber er war verschwunden. Erstickt von Erschöpfung und Angst. Ausgelöscht.

„Ich auch", flüsterte sie und rollte sich auf ihrem Feldbett zu einer Kugel zusammen. „Bei den Göttern, Angelita. Ich will auch von diesem Schiff runter."

„Wenn wir es fest genug wollen, werden wir es auch schaffen." Angelita ahmte Sariels Haltung nach und zog die Beine auf ihrem eigenen Feldbett an ihren Körper, als wollte sie schlafen. „Das hat mein Großvater auch immer gesagt. Ich bin eine Omega, und du bist es auch. Wenn wir etwas unbedingt wollen, dann bekommen wir es auch."

Sariel biss sich auf die Lippe und wünschte sich, dass diese Worte wahr wären. Denn sie wusste, dass es manchmal nicht ausreichte, Dinge zu wollen, um sie tatsächlich zu bekommen.

„Du musst es mit mir wollen“, sagte Angelita mit tiefer, aber fester Stimme. „Lass uns ein Nickerchen machen, damit wir von all den Dingen träumen können, die wir tun werden, wenn wir hier rauskommen. Eine Dusche, Essen und ein großer, starker Gestaltwandler, mit dem wir Zeit verbringen können... weißt du noch? Du hast das gesagt. Wolle es mit mir, Sariel. Wenn wir es stark genug wollen, werden wir es auch bekommen.“

„Ich weiß nicht, ob ich das alles glaube, Angelita.“ Sariel schob den Arm unter ihr schmutziges Kissen und rief jedes Bild und jeden Gedanken an das hervor, was sie wollte. An all die Dinge, die sie tun würde, sobald sie dieses verdammte Schiff verlassen hatten. Daran, einfach einen weiteren Tag zu überleben. Sie war müde, erschöpft von der Hitze und dem Gestank und der Trostlosigkeit, die sich in ihr breitgemacht hatte. Die Hilflosigkeit. Aber sie konnte wollen. Wenn Angelita dachte, es würde helfen, würde sie den ganzen verdammten Tag für das Kind wollen. Sie musste es.

„Dann werde ich es für uns beide glauben“, sagte Angelita, und das Quietschen ihres Feldbettes begleitete ihre Stimme, als sie sich umdrehte. „Ich werde glauben, und wir werden beide an all die Dinge denken, die wir uns wünschen.“

Sariel schloss die Augen, ließ ihre Gedanken fliegen und erlaubte sich, zum ersten Mal, seit sie in diesem Höllenloch aufgewacht war, wirklich etwas zu *wollen*.

9

Nach zwei Tagen und Nächten, in denen er sich seinen Weg durch Sümpfe und entlang der Ufer eines scheinbar endlosen Labyrinths von Flüssen gesucht hatte, zahlte sich Bez' Geduld schließlich aus. Er lag reglos am Fuß eines Baumes, das Fell seines Wolfes komplett mit klebrigem, faulig riechendem Schlamm bedeckt. Fünfzig Meter entfernt lag eine Reihe von vier zusammengebundenen Hausbooten. Hausboote, die nach Gestaltwandlern und der Verwesung des Sumpfes stanken.

Bez verbrachte Stunden an diesem Baum, bewegte sich nicht und atmete kaum, während er die menschliche Seite seines Verstandes beiseiteschob und seinen Wolf die Kontrolle übernehmen ließ. Er spürte fünf männliche Wölfe, von denen an diesem Tag aber nur zwei auf den Hausbooten zu sein schienen. Die anderen drei hatten eine Duftspur durch das Gestrüpp am schwammigen Ufer gegenüber hinterlassen. Er konnte immer noch das abgebrochene Gras entlang der Abdrücke im Schlamm von ihren Tritten sehen. Bez witterte auch zwei Weibchen, die sich dort aufhielten, beide Gestaltwandler. Die zweite Frau machte ihm Sorgen, da sie eine der Gefährtinnen des Männchens sein könnte. Bez hatte noch nie eine Frau töten müssen, die nicht aktiv versucht hatte, ihn anzugreifen. So fortschrittlich er sich auch einschätzte, der Gedanke, ein Weibchen zu töten, gefiel ihm einfach nicht. Aber ein Paar war schwer zu trennen, und ein verpaarter Wolf würde bis zum Tod um seine andere Hälfte kämpfen. Bez würde abwarten müssen, um herauszufinden, ob sie etwas mit den Männchen zu tun hatte. Standards hin oder her, niemand würde sich zwischen ihn und die Omega stellen.

Die Weibchen waren den ganzen frühen Nachmittag über ruhig und sprachen kaum, während die Männchen im letzten Boot auf der rechten Seite irgendeine Fernsehsendung ansahen. Bez blieb wie angewurzelt in seiner Position und bewegte sich nie so viel, dass sein Wolfsgeruch aus der Erde hervorkommen konnte, während er den Aufbau des feindlichen Lagers beobachtete und auf den späten Nachmittag wartete. Einer der Männer schien der Anführer zu sein, der Knotenpunkt der Kommunikation. Nachrichten, Telefonanrufe, Anweisungen an seinen Partner - der Mann verfügte anscheinend über alle Informationen. Er würde Bez' Ziel für Phase zwei der Mission sein. Erstens: Rettung der Omega. Zweitens: den Feind gefangen nehmen und verhören. Dieser Teil würde erfordern, dass er einen weiteren seiner Teamkollegen zur Unterstützung rief, was er tun würde, sobald er die Omega zum Haus am See und in diesen sicheren Raum gebracht hatte. Jetzt, wo er sie gefunden hatte, würde er sie nicht zurücklassen. Er konnte nicht riskieren, dass sie sie noch weiter verschleppten oder verletzen, besonders nicht, wenn er so nah war.

Während sich die Sonne in einem langsamen Bogen über den Himmel auf den verborgenen Horizont zubewegte, ging ein Mann durch die Boote zu dem, in dem die Frauen festgehalten wurden. Klein und gedrungen, mit abgehacktem Gang, wirkte er schwächlich auf Bez - eine leichte Beute - aber Bez würde ihn nicht unterschätzen. Irgendetwas hatte diesen Männern die Kraft gegeben, ein ganzes Rudel zu vernichten, ob es nun Können oder Training war oder ob sie tatsächlich einen Werwolf an ihrer Seite hatten. Diese Tat war genug, um Bez misstrauisch zu machen.

Der Mann stapfte die drei Stufen zum Frauenboot hinauf und blieb auf dem Deck stehen, um über das Wasser zu spähen. Und zwar genau in die

Richtung, in der Bez lag. Bez starrte zurück, bewegte sich nicht, atmete kaum. Er hatte darauf geachtet, sich mit dem fauligen Schlamm des Sumpfes zu bedecken, so dass er bezweifelte, dass der Mann ihn riechen konnte. Trotzdem stellte er sicher, dass er kampfbereit war, nur für den Fall.

„Yo, Marcus."

Bez richtete seinen Blick auf den zweiten Mann, der aus dem Inneren des linken Hausbootes auftauchte. Dieser war groß und schlank und trug sich auf eine Weise, die Bez' Wolf aufhorchen ließ. Etwas Dunkles, Verschlagenes lauerte unter der Oberfläche dieses Gestaltwandlers, und er war definitiv eine größere Bedrohung als der andere.

Der kleinere Mann, offenbar Marcus, drehte sich um. „Was gibt's?"

„Die Jungs werden bald zurück sein; sie haben die Bestie bei sich."

Bez knurrte fast, sein Magen brannte. Verdammt, sie hatten tatsächlich einen Werwolf gefunden. Oder zumindest nahm er an, dass es das war, was der Mann meinte, wenn er Bestie sagte. Wenn sich diese Vermutung bewahrheitete, war die Omega in größerer Gefahr, als er gedacht hatte. Werwölfe waren fast unmöglich zu töten, ohne dass man ihnen den Kopf abschlug. In ihrer wölfischen Form waren sie stärker als die meisten Gestaltwandler und in der Lage, sich den Großteil des Monats als Menschen zu verstecken. Aber wenn der Vollmond hell am Himmel hing, brachten sie die Hölle über jeden weiblichen Gestaltwandler, der sich in ihrer Nähe befand. Omega oder nicht.

„Also, wie lautet der Plan?“, fragte Marcus und lenkte Bez' Aufmerksamkeit wieder auf die Männer an Deck.

„Heute Nacht lassen wir ihn hier in einer Box. Wir werden wahrscheinlich ein menschliches Weibchen für ihn finden müssen; er ist hungrig und wir können ihm jetzt noch nicht die große Mahlzeit geben.“ Der Kerl grinste; am liebsten wäre Bez aus seinem Versteck gesprungen, um ihn knurrend in Stücke zu reißen. Aber noch musste er sich im Verborgenen halten. „Morgen bringst du die Omega mit Vreel nach Norden, während Chance und ich die Bestie nach Thunderhead bringen. Ein ganzer Tag im Transporter mit dem Blindgänger sollte ihn genug in Schwung bringen, um diese Bergmänner zu erledigen, nachdem was sie Zacor angetan haben. Auch wenn sie nicht ganz heil ist."

„Heil?", fragte Marcus. Bez streckte seine Nase nach vorne und fragte sich das Gleiche.

„Ja", sagte der größere Mann, sein Grinsen wurde breit und hungrig. „Wir müssen das Blut für ihn am Fließen halten. Der einfachste Weg, das zu tun, ist, immer nur ein bisschen abzuschneiden."

Bez biss die Zähne zusammen und unterdrückte ein Knurren. Er hatte nicht einmal gewusst, dass noch eine andere Frau auf dem Boot gefangen gehalten wurde, aber er fühlte sich dennoch schuldig bei dem Gedanken, sie zurücklassen zu müssen, wenn er sich die Omega schnappte. Aber seine Befehle waren festgelegt, und ohne einen zweiten Mann an seiner Seite gab es keine Möglichkeit, die Sicherheit der Omega zu gewährleisten und gleichzeitig noch eine weitere Frau zu beschützen. Er musste einfach hoffen, dass er und sein Team rechtzeitig zum Lager zurückkehren konnten, um ihr zu helfen. Er würde Thaus gerne auf die Entführer loslassen, sobald er die Informationen hatte, die Blaze wollte. Kranke Wichser, dieser Haufen.

Der große Mann blickte auf sein Telefon, als es pingte. „In ein paar Stunden geht der Mond auf. Hast du jemals eines dieser Monster beim Fressen gesehen?"

Marcus schüttelte den Kopf.

„Dann kannst du dich auf eine echte Show gefasst machen, mein Freund. Diese Biester sind ein verdammtes Vergnügen. Mach ein Nickerchen mit den Schlampen, damit sie nicht zu anhänglich werden. Sobald der Mond hochsteht, müssen wir etwas weibliches Menschenfleisch jagen." Der

Mann lachte und ging zurück ins Hausboot, wo er sofort zu telefonieren begann. Marcus verschwand in dem Hausboot, in dem die Frauen schliefen. Bez wartete darauf, irgendwelche Geräusche zu hören. Es dauerte einen Moment, aber dann schien Marcus einen bequemen Platz zu finden, um die Frauen zu „bewachen". Man hörte ein Knarren, ein Seufzen, und dann drangen nur noch das leise, gleichmäßige Atmen und der langsame Herzschlag, die auf Schlaf hindeuteten, durch das sanfte Lied der Sumpfinsekten. Drei schliefen, einer unterhielt sich lautstark am Telefon über irgendein menschliches Sportereignis. Einer war auf der Jagd.

Da er eine perfekte Gelegenheit sah und wusste, dass seine Zeit begrenzt war, kroch Bez aus dem Schlamm und krabbelte auf dem Bauch in Richtung der Hausboote. Er glitt über den morastigen Boden, bis er den Rand des Wassers erreichte, und schlüpfte dann unter die schwarze Oberfläche. Diesen Tauchgang nutzte er aus, um seine Muskeln und Knochen lautlos in ihre andere Form zu bringen. In seiner menschlichen Gestalt schwamm Bez zur Seite des Bootes, vollständig untergetaucht, und weigerte sich, auch nur eine einzige Welle zu verursachen, die seine Position verraten könnte.

Als Bez sein Ziel erreicht hatte, kletterte er auf die Seite des Hausbootes. Lautlos erklomm er die Metallstruktur, ohne sich um seine Nacktheit zu kümmern. Die drei Herzschläge in seinem Inneren waren langsam und gleichmäßig, die Atmung ebenso ruhig. Sein erstes Ziel schlief fest in der Gesellschaft der beiden Weibchen, was die Sache für Bez einfacher machte. Der große Mann war mindestens zwei Hausboote weiter, sein Lachen erklang über das Schwappen des Wassers gegen den Bootsrumpf. Er hatte sein Telefonat beendet, während Bez unter Wasser gewesen war, und sah sich stattdessen eine anscheinend lustige Sendung im Fernsehen an. Bez klammerte sich an die Seite des Bootes und machte sich bereit, sich zu bewegen. Sicherlich war der Ton des Fernsehers laut genug, um jedes versehentliche Geräusch zu übertönen, das ihn verraten konnte. Er war dem Bastard da unten fast dankbar. Er machte ihm seine Arbeit so viel leichter.

Er zog sich an den Fingerspitzen zum Fenster hinauf und spähte durch das schmutzige Glas. Die beiden Frauen lagen in Feldbetten auf gegenüberliegenden Seiten des Raumes, während der Mann zurückgelehnt in einem Stuhl neben der Tür saß. Bez musterte die Frauen und er fragte sich, welche die Omega war. Er tippte auf die dunkelhaarige auf der linken Seite, da sein Blick unwillkürlich immer wieder zu ihr zurückkehrte. Er fühlte sich zu ihr hingezogen. Seine Instinkte ließen ihn wissen, dass sie das war, was er wollte.

Leise schob er das Fliegengitter auf und kroch durch das offene Fenster. Er zuckte zusammen, als er den Geruch dieses Gefängnisses einatmete; es stank nach Schweiß und Angst und etwas Schmutzigem, das in der Luft hing. Etwas, das schlimmer war als der Sumpf draußen. Himmel, wie lange war die zweite Frau schon da?

Er landete sanft auf dem Holzboden, seine nackten Füße halfen, das Geräusch auf ein Minimum zu beschränken. Jetzt gab es kein Zurück mehr. Er musste den Wachmann ausschalten und die Omega befreien. Und er musste das tun, ohne den anderen Gestaltwandler auf dem Weg dorthin zu alarmieren.

Und all das an einem einzigen Tag.

Er schritt vorsichtig, seine Bewegungen waren subtil und überlegt, als er durch den Raum auf den Mann namens Marcus zuging. Immer wieder wanderte sein Blick zu der Frau auf der linken Seite. Sie zog seine Aufmerksamkeit auf sich, verlangte selbst im Schlaf seine Beachtung. Aber Bez hatte zuerst eine Aufgabe zu erledigen. Bevor er sich die Omega schnappen konnte, musste er die Bedrohung beseitigen. Und Marcus, so langsam und schwach er auch erschien, war eine Bedrohung.

Während er seinen Wolf nach vorne holte und seine Finger zu Krallen werden ließ, schlich Bez sich leise von hinten an den Gestaltwandler heran. Lautlos, fast reglos, so dass nicht einmal die Luft sich bewegte. Er trat nahe genug heran, um den Mann riechen zu können, nahe genug, um die Hitze zu spüren, die von seinem Körper ausging. Er hob seine Hände und hob sie vor den Hals des Mannes. Bereit...fähig...entschlossen. In einem einzigen, geschmeidigen Bewegungsablauf packte Bez Marcus' Kinn und schnitt ihm mit nichts als seinen Klauen und roher Gewalt die Kehle durch. Der Mann hatte keine Zeit zu reagieren, keine Zeit, sich zu wehren. Trotzdem behielt Bez Marcus in einem lähmenden Griff, während sein Blut, seine Fähigkeit, sich zu verwandeln und zu regenerieren, an der Vorderseite seiner Brust herunterlief. Es dauerte eine Handvoll kostbarer Sekunden, aber Bez blieb in dieser Position, bis der Tod über den Mann hinweggefegt war. Bis es keine Bedrohung mehr für die Omega gab.

Nachdem Marcus' Herz zum letzten Mal geschlagen hatte, richtete Bez seine Aufmerksamkeit auf die Frauen. Die blonde roch nach Salz und Traurigkeit, so dass Bez annahm, sie hatte sich in den Schlaf geweint. Die Tat einer jungen Frau. Die andere roch süß und leicht, würzig und warm - ein faszinierender Duft, der ihn auf eine Weise reizte, wie er es noch nie erlebt hatte. Die hellere musste die jüngere sein und ganz sicher seine Omega, aber die ältere, dunklere Wölfin zog seine Aufmerksamkeit so sehr auf sich, dass sein Kopf jede zweite Sekunde in ihre Richtung schwenkte.

Verdammte Ablenkungen.

Seinem Instinkt nachgebend, schlich sich Bez näher zu der Frau mit dem rabenschwarzen Haar. Sein Wolf streifte an den Rändern seines Verstandes, die enorme Anziehungskraft der Frau hatte sein Interesse geweckt. Er war wie besessen von ihrer Gestalt und ihrem Geruch.

Bez schlich sich über das Boot und bewegte sich lautlos auf die Frau zu. Er konnte den Blick nicht von ihr abwenden, wollte es auch gar nicht. Etwas an ihr... etwas Wichtiges sprach zu ihm. Es ließ seine Sinne explodieren und lullte seinen

Verstand ein. Sie war wie Hexerei und der Himmel, die Verlockung der Sünde und die Vergebung des Glaubens, alles in einem einzigen dunkelhaarigen Paket. Es machte Bez wütend, und er misstraute ihrer Gegenwart. Was war das für eine Macht, die sie über ihn hatte, um ihn von seiner Mission abzulenken? Wer zum Teufel war sie und was tat sie überhaupt in diesem Drecksloch?

Alles Fragen, auf die er und sein Wolf die Antworten erfahren mussten.

Bez blieb direkt neben ihrem Feldbett stehen, sein Knie berührte den Holzrahmen. Das Bedürfnis, sie zu berühren, brachte mehr von seiner menschlichen Seite zum Vorschein, ließ ihn Dinge fühlen, die er seit... nun, vielleicht noch nie gefühlt hatte. Die Mission verzögerte sich, der Fokus verlagerte sich von der Rettung der Omega auf dieses unbekannte Wesen vor ihm, er spürte, wie seine Welt leicht aus dem Gleichgewicht geriet. Und es gefiel ihm.

Unfähig, auch nur eine Sekunde länger zu widerstehen, beugte er sich langsam herunter, sein Körper war angespannt, Schweiß bildete sich auf seiner Stirn. Er musste sie sehen, musste wissen, was...

Ihre Augen öffneten sich, die Farbe dunkel und tief, und trafen seine in einem Blick, der ihm das Herz öffnete. Alles, jedes Stück und jeder Partikel in Bez' Leben, blieb stehen, verschob sich und ordnete sich neu. Mit einem einzigen Blick setzte sich die Frau in seinem Herzen fest, tief in seiner Seele. Seine menschliche Seite drängte seinen Wolf weit nach hinten, forderte allen Platz ein, den sein Wesen hatte, um zu begreifen, was hier vor sich ging. Doch der Wolf wusste es. Der Wolf hatte es immer gewusst.

Sie blickte ihn mit kaffeefarbenen Augen an, ein Ausdruck von Frieden und Verständnis huschte über ihr hübsches Gesicht. Und sie nahm ihn in ihren Besitz. Sie bot Bez kein Entkommen, keine Chance, sie abzulehnen. Sie wurde einfach sein, und er wurde ihr.

Sein Wolf heulte in seinem Kopf, jubilierte darüber, sie gefunden zu haben, und sang sein Lied der Vollkommenheit. Glücklich, endlich verpaart zu sein.

Verpaart.

Bez konnte nicht atmen, konnte nicht wegschauen. Dies war seine *Gefährtin*. Längst vergessene Instinkte erwachten anstelle von Strategien und Kampfstilen zum Leben, das Band, das ihn mit diesem unbekannten Gestaltwandler verknüpfte, schloss sich um sein Herz und riss seine Gedanken von der Mission weg. Keiner der Schattenwölfe hatte seine Partnerin gefunden; das siebenköpfige Rudel existierte stattdessen, um zu kämpfen, zu töten und zu jagen. Aber diese Frau, diese Bindung, hatte seine Existenz plötzlich... greifbar gemacht. Real. Bedeutungsvoll.

Wunderschöne braune Augen blickten zu ihm auf, tief und gefühlvoll, Augen, in die er bis zu dem Tag schauen wollte, an dem er starb. Was sehr wohl der heutige Tag sein könnte, wenn er sich nicht zusammenriss. Sie blinzelte einmal, zweimal, und dann weiteten sich diese Augen und ihr Herz machte einen Sprung. Etwas verspätet erinnerte sich Bez daran, dass er nackt war, bedeckt mit Schlamm, Dreck und Blut, und dass er vor einer Frau stand, die er noch nie gesehen hatte. Nicht gerade der beruhigendste Anblick. Ohne zu zögern, legte er seine Hand auf ihren Mund, um ihren Schrei zu unterdrücken, und erzitterte, als er ihr Fleisch an seinem spürte. Selbst wenn sie versuchte, ihn zu beißen.

„Hör auf. Ich bin nicht hier, um dir wehzutun", zischte er, seine Stimme kaum mehr als ein Hauch. „Ich bin hier, um die Omega zu retten. Präsident Blasius Zenne hat mich geschickt."

Die Frau erstarrte, Sorge und Angst huschten über ihr Gesicht. Bez hasste es, dass er ihr Angst machte, hasste es, dass er sie nicht irgendwie trösten konnte, aber diese Instinkte waren neu. Er war hier, um zu retten, nicht um zu trösten. Schließlich schluckte seine Gefährtin und nickte. Sie hielt seinem Blick stand, als sie nach seinem

Handgelenk griff und seine Hand von ihrem Mund nahm.

„Welche Omega?“

Bez mochte den Klang ihrer Stimme, dunkel und tief, mit einem sinnlichen Unterton. Diese Stimme rief nach ihm, machte ihn sprachlos, als sie in seinen Ohren tanzte. Aber dann neigte er den Kopf und ihre Worte drangen schließlich durch den Dunst.

„Wie bitte?“

„Welche Omega...? Es gibt zwei von uns.“

Verflucht. Bez spürte, wie seine Augen sich weiteten und sein Herz einen einzigen, einsamen Schlag gegen seine Brust machte. Was für ein verdammtes Glück. Zwei Omegas, zwei Ziele. Hätte er gewusst, dass es zwei Frauen zu befreien gab, hätte er einen weiteren Mann mitgebracht, um die zweite Gefangene zu sichern. Das war die Grundregel bei umgekehrten Entführungen. Ein Schattenwolf pro gekidnappter Person. Aber jetzt...

Das Gesicht der Frau senkte sich, ihre Lippen bildeten eine schmale Linie, und ihre Augen wurden weich. „Ich verstehe. Du bist wegen Angelita hier?“

Bez nickte, langsam und schwerfällig. „Wegen dem Welpen.“

„Dann schlage ich vor, du machst dich an die Arbeit.“ Sie warf einen Blick zur Tür und keuchte, als sie den gefallenen Gestaltwandler sah. „Oh. Okay. Oh, Gott, er ist tot, nicht wahr?“

Bez beobachtete, wie sich seine Gefährtin von Marcus‘ totem Körper abwandte. Zum ersten Mal in seinem Leben bedauerte er, ein Wesen auf diese Weise getötet zu haben. Nicht wegen dem Verlust des Lebens, sondern, weil es seine Gefährtin so abzustoßen schien.

Schließlich wandte die Frau ihren Blick ab und schloss einen Moment lang fest die Augen, bevor sie ihn mit diesen dunklen Augen ansah. „Du musst sie mitnehmen, sofort. Bevor sie kommen und sie holen. Ich habe zufällig gehört, dass sie nach Norden gebracht werden soll. Sie ist noch ein Kind, und was diese Tiere mit ihr vorhaben, würde ihr die Seele brechen.“

Bez‘ Wolf wollte knurren, aber er hielt es zurück. Es war Zeit nachzudenken, nicht zu kämpfen. Noch nicht. „Was haben sie vor?“

„Ich weiß es nicht genau, aber es muss schlimm sein.“ Ihr Blick wurde immer besorgter, ihr Stirnrunzeln verwandelte sich in eine finstere Miene. „Sie nennen mich den Blindgänger, weil ich unfruchtbar bin. Was verrät dir das über ihre Pläne?“

Der Gedanke, dass sich andere Gestaltwandler an seiner Gefährtin vergreifen könnten, ließ seine sorgfältig kultivierte Kontrolle verpuffen. Bez knurrte, lang und laut und hemmungslos. Diese kranken Wichser verdienten es, einen schrecklichen, schmerzhaften Tod zu sterben - einen, den er mit Freude über sie bringen würde.

Die Frau blickte zu dem schlafenden jungen Mädchen. „Erschrecke sie nicht. Sie ist noch so jung und extrem naiv. Du musst sie sofort mitnehmen. Bring sie hier weg, bevor der Rest der Männer zurückkommt."

Bei den Göttern, das Schicksal ließ sich nicht lumpen. Sie war perfekt für ihn, so stark, so mutig. Und so klug. Bez wusste, dass sie recht hatte. Er musste seinen Arsch in Bewegung setzen und die jüngere Omega in Sicherheit bringen, aber er wollte nicht von der Seite dieser Frau weichen. Er wollte, dass sich seine Beine bewegten, dass sein Körper reagierte, aber sein Verstand, sein Herz und sein Wolf waren fest entschlossen. Er konnte das Paarungsband nicht ignorieren, konnte es nicht wagen, sie im Stich zu lassen. Allein der Gedanke, ohne sie an seiner Seite wegzugehen, machte ihn fertig.

Bez schüttelte den Kopf und seufzte. „Ich kann nicht..."

Bez wurde aus dem Nebel seiner Gedanken gerissen, als der andere Mann nach Marcus rief. Scheiße, er musste *weg* hier. Sich die junge Omega schnappen und abhauen. Aber diese Frau war seine *Gefährtin*, sein Ein und Alles, und er würde sie zurücklassen müssen, um die andere Omega wie geplant herausholen zu können. Sein Training sagte ihm, er solle seine Gefährtin zurücklassen, sich die Zielperson schnappen, sie sichern und ein zweites Team herbeirufen, das zum Hausbootcamp zurückkehren sollte. Aber er wusste, dass das nicht funktionieren würde. Die Männer würden seine Gefährtin wegbringen, bevor er und sein Team es zurückschaffen könnten, und ihn auf der Jagd nach Spuren und Geistern zurücklassen, bis er sie aufgespürt hätte. Und er würde sie aufspüren. Er war der beste Fährtenleser, den die Welt je gesehen hatte. Unmöglich, ihn abzuschütteln oder zu überholen. Aber was in der Zwischenzeit mit ihr passieren könnte, ließ Bez das Blut in den Adern gefrieren. Nein. Er konnte sie nicht im Stich lassen. Er durfte sie nicht gefährden.

Der Gedanke bestärkte ihn in seiner Entschlossenheit und zwang sein Gehirn dazu, einen zweiten Plan auszuhecken. Zum ersten Mal in seinem langen Leben würde er keine

Richtlinien, Verfahren oder Befehle befolgen. Er würde nicht unter dem Mantel von jemand anderem arbeiten. Er wollte seine Gefährtin nicht zurücklassen.

Also würde er es auch nicht tun.

Er packte sie am Arm und zog sie vom Feldbett. „Wir gehen. Jetzt."

„Aber du bist doch nur ihretwegen hier."

Bez zerrte sie auf die Füße, heftiger als er wollte, aber sie musste sich *bewegen*. „Nicht mehr."

Sie warf ihm einen harten Blick zu, offensichtlich zweifelte sie an ihm. Etwas, das ihn fast zum Lächeln brachte. Eines würde er ihr zeigen, sie lehren - das Letzte, was sie tun sollte, war, an einem Schattenwolf zu zweifeln.

Bez streckte eine Hand aus, ging zurück zu der Omega, Angelita, die immer noch schlief, und machte seiner Gefährtin eine Geste, ihm zu folgen. Sie starrte ihn nachdenklich an, in ihrem tiefen Blick lag eine Bedeutung, die Bez nicht verstehen konnte. Aber er wollte es, und er würde es auch. Eines Tages. Wenn er sich die Zeit genommen hatte, alles über sie zu erfahren, was es zu wissen gab. Aber dieser Zeitpunkt war noch nicht gekommen, und der richtige Ort war auch ganz sicher nicht dieses beschissene Hausbootlager.

„Bitte“, flüsterte er; es musste das erste Mal in seinem Leben sein, dass er jemanden um etwas anflehte. Und endlich reagierte seine Gefährtin. Sie warf einen Blick auf seine Hand... dann einen zweiten, bevor sie tief einatmete.

Und dann packte sie zu.

Er ignorierte das Kribbeln, das die einfache Berührung seinen Arm hinaufschickte, und zog sie neben sich. Er liebte ihren Duft, wollte ihn tagelang einatmen, aber dafür war keine Zeit. Hastig gingen die beiden durch den Raum, wo die jüngere Omega schlief. Als Bez sich daran erinnerte, wie seine Gefährtin auf ihn reagiert hatte, überließ er ihr die Führung. Er wollte das Mädchen nicht erschrecken und dadurch den anderen Gestaltwandler alarmieren. Bez stand

Wache, während seine Gefährtin neben dem Bett in die Hocke ging und Angelita das Haar aus der Stirn strich.

„Komm schon, Liebes. Es ist Zeit zu gehen."

Die Stimme des anderen Wächters kam näher und klang zunehmend irritiert darüber, dass Marcus nicht antwortete. Nicht, dass er es hätte tun können. Allerdings konnte der Große nicht wissen, dass der andere Mann tot auf dem Boden lag – aber schon bald würde er es herausfinden.

Angelita öffnete ihre Augen und sprang rückwärts gegen die Wand, als sie Bez sah. Bevor sie schreien konnte, legte seine Gefährtin ihre Hand auf den Mund des Mädchens und beugte sich nahe heran, um ihr ins Ohr zu flüstern.

„Er ist hier, um uns zu helfen. Wir gehen jetzt. Jetzt sofort."

Die jüngere Omega brauchte kaum eine Sekunde, um die Worte zu verstehen. Sofort sprang sie aus dem Bett und ergriff die Hand seiner Gefährtin.

Sich aneinander klammernd, sahen die beiden Frauen zu ihm auf, bereit, aber fragend. Sie wollten mit ihm fliehen, aber ihre Angst war offensichtlich.

„Was machen wir jetzt?“, fragte seine Gefährtin. Bez wollte nicht, dass sie sah, was er gleich tun würde, aber er konnte sie nicht anlügen. Also tat er es nicht.

„Ihr zwei versteckt euch. Ich töte den Wachmann. Dann fliehen wir.“

10

SARIEL STARRTE DEN MANN AN, DER SIE GEWECKT hatte, nicht imstande, zu sprechen. Er hatte vor, den Wachmann zu töten... vor den Augen der beiden Frauen. Ihre Hände zitterten von dem Adrenalin, das durch ihren Blutkreislauf raste, und ihre Haut fühlte sich unter dem Baumwolltop und den Shorts, die sie für ihr Nickerchen angezogen hatte, klamm an. Er erschreckte sie mit seiner beiläufigen Grausamkeit, und doch sehnte sich ihr Körper nach ihm, verlangte, dass sie in seiner Nähe blieb. Die Stärke der Wölfin in ihr war das Einzige, was sie davor bewahrte, in einen Schockzustand zu verfallen. Ihr Gefährte... dieser

Mann war ihr *Gefährte*. Riesig und bestialisch, mit den hellsten, grimmigsten Augen, die sie je gesehen hatte, stand er vor ihr und sprach davon, einen Gestaltwandler zu töten, als wäre es nur einer von vielen Punkten auf seiner To-Do-Liste. Was es, wie Sariel vermutete, tatsächlich auch war.

Aber er war ihr *Gefährte*.

Als ihr diese Tatsache zum ersten Mal bewusst wurde, als sie in ihrem Feldbett lag und er in den Schatten über ihr auftauchte, dachte sie, dass das Schicksal sich einen Spaß mit ihr erlaubte. In der Annahme, dass er mit den Männern zusammenarbeitete, die sie entführt hatten, hatte sich ihr Magen vor Angst umgedreht. Aber zum Glück war das Schicksal gütig gewesen, nicht grausam. Es hatte ihr einen Gefährten geschickt, der stark und mächtig war, fast wie ein Wilder. Es hatte ihr genau den Mann geschickt, den sie brauchte.

Und sie hatte nicht vor, diese Gelegenheit zu verspielen.

„Komm schon, Kleine. Gehen wir aus dem Weg." Sie ergriff Angelitas Hand und zog sie etwas weiter nach hinten, um ihrem Gefährten Platz zu geben, das zu tun, was er tun musste. Sie hatte dem Mädchen gesagt, dass sie aus dieser Hölle herauskommen würden. Wenn dieser Mann, dieses große Biest von einem Gestaltwandler, den das Schicksal ihr als ihren vorbestimmten Seelengefährten geschickt hatte, bereit war, ihnen zu helfen, dann sollte es so sein. Sie wusste, dass sie dem Mann, der für sie bestimmt war, vertrauen konnte. Dem Mann, der sie mit Augen beobachtete, von denen sie sich kaum losreißen konnte.

Ihr Herz setzte einen Schlag aus, als er sie anstarrte, als die Worte, die ihre Bindung definierten, in ihrem Kopf widerhallten. Vom Schicksal bestimmt... verpaart... beansprucht. Ihr Gefährte hatte sie gefunden. Was für ein gehöriges Maß an Verrücktheit, das zu dieser verkorksten Situation hinzukam. Sie war ihrem Gefährten begegnet, während sie als Geisel auf einem Hausboot mitten im Sumpf festgehalten wurde. Das hätte die Handlung irgendeines verrückten Films sein müssen, nicht die Realität. Und doch war er aufgetaucht, um sie zu retten. Nun, technisch gesehen, war er aufgetaucht, um Angelita zu retten. Wie es schien, war sie selbst eher eine Komplikation für ihn. Der Gedanke, dass er sie zurückließ, nur Angelita mitnahm und das junge Mädchen rettete, wie ursprünglich geplant, war ihr unerträglich gewesen. Noch unerträglicher als der erste Eindruck, dass er einer der Männer war, die sie entführt hatten. Sie wollte nicht zurückgelassen werden. Keine Sekunde länger konnte sie in diesem Gefängnis bleiben, besonders jetzt, wo sie einen Ausweg erblickt hatte. Sie wäre ihnen gefolgt, wenn sie es hätte müssen. Aber sie musste es nicht – denn der Gedanke, sie zurückzulassen, schien für ihn genauso unerträglich zu sein wie für sie.

Das Geräusch von sich nähernden Schritten erregte Sariels Aufmerksamkeit. Ihr geheimnisvoller Mann wandte seine eisblauen Augen in einer Bewegung, die rein raubtierhaft war, ganz und gar animalisch... unglaublich heiß auf eine „Er ist stark genug, um es mit all meinen Feinden aufzunehmen“-Art und Weise. Und auch wenn sie es nicht zugeben wollte, dieses Maß an Aggressivität und Beschützerinstinkt *war* heiß. Sie war wochenlang eingesperrt gewesen, hatte Angst, dass die Männer, die sie bewachten, ihr auf eine Art wehtun würden, die über mentale Folter hinausging, und sie keinen Ausweg für sich selbst und Angelita finden konnte. Scheiß auf ihre unabhängige Natur, ihr Gefährte war aufgetaucht, groß und böse und wie ein Monster in dem schwachen Zwielicht, aber er würde sie retten. Sie konnte ihre eigenen Kämpfe an einem anderen Tag austragen. In diesem Moment wünschte sie sich nichts sehnlicher, als auf sein weißes Pferd zu springen und sich von ihm in den Sonnenuntergang tragen zu lassen.

Oder durch den Sumpf, wie es der Fall zu sein schien.

„Marcus“, rief der herannahende Wachmann von draußen. „Beweg deinen faulen Arsch.“ Die Schritte wurden lauter.

Sariels Gefährte gab ihr und Angelita ein Zeichen, sich weiter von der Tür wegzubewegen. Sariel zog Angelita in die Ecke, kauerte sich hin und nahm das jüngere Mädchen schützend in die Arme. Er beobachtete sie, ließ seinen Blick in ihrem ruhen, bis er zufrieden mit dem Ort schien, den sich die beiden Frauen ausgesucht hatten.

Ohne Vorwarnung pirschte er sich näher an die Tür, sein Kopf war aufmerksam in die Richtung des sich nähernden Wachmanns geneigt. Es lag etwas Schönes in seinen rauen Extremen, etwas Erotisches in der Art, wie er zuließ, dass sein inneres Tier seinen Körper beherrschte. Er roch nach Gestaltwandler, nur sehr wenig von seiner menschlichen Seite schimmerte durch. Allein aufgrund dieser Tatsache war sie auf ihn fixiert, befahl ihrer Wölfin geradezu, ihn zu jagen. Ihn zu wollen.

Größer als die meisten Gestaltwandler oder Menschen, die sie kannte, stand er direkt hinter der Tür, sein Kopf streifte die niedrige Decke. Er krümmte seine breiten Schultern zu einer Angriffsposition, seine Rückenmuskulatur war straff. Seine Schenkel angespannt vor Erwartung. Ein reiner, vollkommener Jäger.

Er neigte seinen geschorenen Kopf, als die Schritte des anderen Mannes auf das Deck des zweiten Hausbootes trafen, bereit und definitiv in der Lage zu kämpfen. Das Mondlicht, das durch das offene Fenster fiel, tauchte ihn in einen silbernen Schein. Sie nahm an, dass er blond war, allein aufgrund seiner hellen Augenbrauen und der Haare, die von seinem Bauchnabel hinab führten – nicht, dass es von Bedeutung war. Er war groß und kühn, sein Körper schrie vor Männlichkeit. Und er war im Begriff, vor ihren Augen einen Mann zu töten, um sie alle zu retten.

Sariel packte Angelita, drehte ihren Kopf von der Tür weg und schmiegte sich enger an sie, um das Mädchen zu schützen. Ihr Gefährte war wegen der jüngeren Frau hergeschickt worden, und obwohl die Rettungsaktion nicht Sariel gegolten hatte, war sie ihm dankbar. Alleine hätte sie es nicht geschafft. Sie hätte es versucht und sich sehr bemüht, aber sie bezweifelte, dass es ihr gelungen wäre. Sariel würde gerne helfen, die jüngere Omega in Sicherheit zu bringen, damit er die Mission erfüllen konnte, mit der Blasius Zenne ihn beauftragt hatte.

Die Schritte kamen näher, wurden schneller. Ihr Gefährte warf ihr einen letzten Blick über die Schulter zu, bevor er in die Hocke ging und sich auf den anderen Mann stürzte. Jeder Zentimeter von ihm war hart und angespannt, bereit. Fähig. Wild.

Der Wachmann stieß die Tür genau in dem Moment auf, als der blauäugige Fremde zuschlug. Sariel konnte kaum sehen, was passierte, weil ihr Gefährte sich so schnell bewegte. Die Tür hatte sich gerade erst geöffnet, als die Hand ihres Gefährten die Kehle des Wächters durchtrennte und sein anderer Arm den Mann zu Boden drückte, während Blut wie eine Fontäne aus dessen Hals spritzte. Bevor Sariel auch nur Luft holen konnte, drehte sich ihr Gefährte um - seine Augen glühten, die Brust hob sich - und sah sie direkt an. Sie konnte die Spannung zwischen ihnen spüren, genoss die Tiefe der Verbindung zu ihm. Ihr Gefährte hatte für sie getötet. Hatte sie und die Kleine, für die sie verantwortlich war, beschützt. Er hatte sich als starker, fähiger Mann erwiesen. Gott, das war unglaublich sexy, auf eine sehr ursprüngliche, animalische Art.

„Wir gehen. Jetzt." Seine Worte waren ein Befehl, kaum mehr als ein Grunzen. Sariel nickte. Sie mochte mit der Kraft ihrer Omega stark sein, aber dieses Wesen war von einer ganz anderen Sorte. Er konnte die Welt vernichten, wenn es nötig war, und sie wusste es. Sie spürte es. Dieses Wissen ließ etwas Uraltes in ihrem Blut brennen, eine Form der Anziehung, die ein leises, sanftes Knurren in ihrer Kehle hervorrief. Ihr Gefährte erwiderte das Geräusch, seine hellen Augen folgten ihr, als sie aufstand und sich näherte. Doch bevor Sariel mehr als ein paar Schritte machen konnte, ergriff Angelita ihre Hand und riss sie aus dem Moment.

„Was sollen wir tun?", fragte Angelita, Panik lag in ihrer Stimme. Verständlicherweise.

Sariel starrte in die feurigen Augen ihres Gefährten und weigerte sich, ihren Blick abzuwenden, auch wenn sie spürte, wie viel mehr Wolf als Mensch er in diesem Moment war. „Wir tun, was immer er sagt. Von jetzt an folgen wir ihm."

Der Mann grunzte, ohne seinen eigenen Blick von ihr zu lassen. Sie fühlte mehr als sie sah, wie sein Wolf in ihm aufstieg, die Augen wechselten von verwaschenem Aquamarin zu hellem Silber und wieder zurück. Die Art und Weise, wie die Farben seiner Iris sich ineinander drehten, löste eine vage Erinnerung in ihr aus. Etwas, das sie gelernt, aber nie gesehen hatte.

Sie wandte ihren Blick ab; keine Sekunde länger konnte sie in diese Augen sehen. Der Moment war zu intensiv geworden, die Anziehung zu ihm zu stark. Sie musste den Bann brechen.

„Und was jetzt?", flüsterte sie, als sie endlich vom Boden aufblicken konnte. Mit harten Augen und undurchsichtigem Blick sah er von Sariel zu

Angelita, dann winkte er die beiden Frauen zur anderen Seite des Hausbootes hinüber.

„Los geht's; wir steigen aus dem Fenster, meine Damen."

Nicht das, was sie erwartet hatte, aber sie lehnte nicht ab. Die drei schlüpften aus dem Fenster und ließen sich in den Sumpf fallen. Sariel hasste es, im Wasser zu sein. Sie hasste es noch mehr, zu wissen, dass es unter der Oberfläche Dinge gab, die noch raubtierhafter sein konnten als sie selbst. Obwohl sie bezweifelte, dass das auch für ihren Gefährten galt.

Sariel schwamm und watete durch das dunkle Wasser und das schlammige Flussbett und stapfte weiter, bis sie einen Fleck Land erreichten, der trocken genug war, um Fuß zu fassen. Sie stolperte als Erste das grasbewachsene Ufer hinauf, hielt Angelita fest bei der Hand und zog sie hinter sich her.

„Ich werde nie wieder schwimmen gehen", sagte Sariel, während ihr ein Schauer über den Rücken lief. Ihr Gefährte pirschte sich aus dem Sumpf heran, als wollte er sie verspeisen... verschlingen. Und bei den Göttern, sie wollte von diesem Mann verschlungen werden. Wasser, Schlamm und Dreck bedeckten seinen Körper und liefen an ihm herunter. Betonten jeden einzelnen harten Muskel. Sie biss sich auf die Lippe, zitterte und zerrte an ihrer durchnässten Kleidung. „Was jetzt?“

Ihr Gefährte nahm sich einen Augenblick Zeit, um ihren Standort zu erkunden, spähte konzentriert in jede Richtung und sogar hinauf in den Himmel. Sariel tat es ihm gleich, bezweifelte allerdings, dass sie dieselben Dinge wahrnehmen konnte, die er sah. Trotzdem war es eine Freude, wieder draußen unter dem freien Nachthimmel zu stehen, an dem ein schwerer Mond hing, auf dem Weg zu seinem Höhepunkt. Vollmonde machten sie immer unruhig; ihr inneres Tier kämpfte dann darum, freigelassen zu werden. Heute Abend war es nicht anders. Zum Teufel, der Mond beeinflusste die Menschen jeden Monat. Er beeinflusste Gestaltwandler sicherlich genauso sehr.

„Sie kommen zurück." Ihr Gefährte blickte über das Wasser, das sie überquert hatten, sein Blick war scharf und seine Brust war reglos, während er den Atem anhielt. In seinem Gesicht lag eine stählerne Entschlossenheit. „Wir müssen fliehen."

„Als Wolf oder Mensch?"

Er drehte sich zu ihr um, seine Augen waren wieder blau. „Wolf."

Sariel zog ihr Tank-Top über den Kopf, froh, den klebrigen, nassen Stoff loszuwerden. Die Nachtluft fühlte sich fantastisch auf ihrer Haut an, ausnahmsweise war die Feuchtigkeit angenehm und irritierte sie nicht. Ihr Gefährte beobachtete sie, seine Augen folgten ihren Händen, als sie sie zum Bund ihrer Shorts sinken ließ. Sie hakte ihre Daumen unter das Gummiband und schob die Hose über ihre Hüften. Schwer von dem Gewicht des Wassers, glitt das Kleidungsstück an ihren Beinen hinunter und fiel mit einem platschenden Geräusch ins Gras. Mit dem Fuß schob Sariel die Shorts beiseite, stellte sich auf die Zehenspitzen und streckte sich.

„Gott, ich habe meine Wölfin vermisst." Sie wollte in der Nacht tanzen, feiern, dass sie aus ihrem Käfig befreit war, aber sie wusste, dass sie dafür keine Zeit hatte. Trotzdem stand sie schamlos und kühn und völlig nackt vor ihrem Gefährten und ließ sich von der leichten Brise, die durch die Bäume wehte, streicheln, wie sie es seit Monaten nicht mehr getan hatte. Ihr Gefährte beobachtete sie, starrte sie unverwandt an, verschlang sie mit seinen Augen. Sein Blick glitt über jede Kurve ihres Körpers, von Kopf bis Fuß, fast so, als würde er sie auswendig lernen wollen. Jeder Zentimeter ihres Wesens spürte diesen Blick, reagierte auf ihn wie auf eine Berührung. Ihre Brustwarzen wurden hart, Gänsehaut breitete sich über ihren Körper aus. Sariel hielt still und ließ sich von ihrem Gefährten *betrachten*, während sie darauf wartete, ihren Wolf freizulassen.

„Ich kann nicht." Die kleine Stimme hätte genauso gut ein Eimer Eiswasser sein können, das man über Sariels Kopf schüttete. Sie und ihr Gefährte drehten sich in einer seltsamen Art von

Einklang um und starrten beide auf eine extrem unbehaglich aussehende Angelita.

„Was soll das heißen, du kannst nicht?“, fragte Sariel.

„Ich kann mich nicht auf Kommando verwandeln. Das konnte ich noch nie.“

Ihr Gefährte knurrte, als in der Ferne ein Motor aufheulte. „Unsere Wölfe haben in diesem Sumpf eine bessere Chance.“ Er richtete seine glühenden Augen auf Angelita, die Kraft seines inneren Wolfes ließ die Luft wie elektrisiert erscheinen. „Verwandle dich in deinen Wolf.“

Angelita schüttelte wimmernd den Kopf. „Ich kann nicht.“

Das dumpfe Geräusch von sich schließenden Autotüren erreichte Sariels empfindliche Ohren, und ihr Herz begann zu rasen, als sie die Auseinandersetzung zwischen dem Mann und dem Mädchen beobachtete.

„Omega, du musst dich verwandeln. Jetzt.“

Angelita begegnete Sariels besorgtem Blick, ihre Augen waren groß vor Angst. „Ich kann nicht. Ich schwöre, ich kann nicht. Wenn ich es versuche, wird es nicht klappen. Ich kann im Moment nicht einmal meinen Wolfsgeist spüren."

Sariel sah hinüber zu ihrem Gefährten, bereit, seiner Führung zu folgen. Mit Feuer in den Augen musterte er sie von oben bis unten; einen langen Moment verweilte sein Blick auf ihrer Brust, bevor er sich schließlich auf ihren legte.

„Verwandle dich."

Mit einem Nicken wechselte Sariel in die Form ihrer zierlichen grauen Wölfin. Der Mann wurde still, seine Augen weiteten sich, als er zurück zu den Hausbooten blickte. Der Geruch von Fäulnis stieg in Sariels Nase und sie schüttelte den Kopf, um den Gestank aus ihren Sinnen zu verbannen. Der Mann atmete tiefer, die Nasenlöcher blähten sich auf, seine Hände ballten sich zu Fäusten.

„Verflucht", zischte er und wandte sich wieder den Frauen zu. „Riechst du das, Omega? Spürst du, wie schlecht und verdorben dieses Monster ist?“

Angelita nickte, ihr Blick wanderte von dem Mann zu der Dunkelheit hinter ihm.

„Das ist der Geruch von Werwölfen, Kleines. Echte, wahrhaftige Geschöpfe des Mondes, Werwölfe.“

Angelita holte scharf Luft und trat einen Schritt zurück; Sariel jaulte, während sie sich verzweifelt gegen den Drang wehrte, davonzulaufen. Es gab nicht viele Dinge, die ihr das Ausmaß an Angst einflößen konnten, das sich in diesem Moment um ihr Herz schnürte, aber die Anwesenheit eines Werwolfs gehörte sicherlich dazu. Halb tot, unter dem Vollmond verrottend, waren Werwölfe der Inbegriff all dessen, was an einer Kreuzung aus Tier und Mensch falsch sein konnte. Sie jagten unerbittlich, töteten wahllos und richteten drei Nächte lang Verwüstung an, wann immer der Vollmond den Himmel erhellte. So wie in dieser Nacht. Und - für sie die schrecklichste Tatsache von allen - sie jagten nur weibliche

Gestaltwandler. Sie griffen gnadenlos an, vernichteten manchmal alle Weibchen eines Rudels in einer einzigen Nacht und ernährten sich von den Leichen der Frauen. Aus diesem Grund liefen die meisten Wölfinnen um ihr Leben, wenn die Bestien auftauchten. Und verdammt, Sariel wollte davonlaufen. Aber nicht ohne Angelita.

„Omega“, sagte der Mann, dessen verkrampfter Kiefer das einzige Zeichen der Anspannung war, die ihn förmlich ersticken musste. „Wir müssen...“

„Ich kann nicht!“, rief Angelita. Sie atmete jetzt so schnell, dass Sariel befürchtete, das Mädchen würde gleich hyperventilieren.

Sariel winselte und rieb sich an Angelitas Beinen, drückte ihr Fell gegen die Haut des Mädchens und wünschte, das würde ihr helfen, ihren Wolfsgeist zu erreichen. Aber Angelita blieb aufrecht stehen, menschlich wie eh und je, zitternd und keuchend vor Angst. Sariel erschrak für einen Augenblick, als ihr Gefährte sich von ihnen abwandte, und dachte, er würde weglaufen und Angelita zurücklassen. Aber sie hätte es besser wissen müssen.

Mit einem Knurren packte ihr Gefährte Angelita bei der Taille und riss sie von den Füßen. Das Mädchen jaulte auf, als er sie auf den Rücken warf und sich mit langen, aggressiven Sprüngen in Bewegung setzte. Innerhalb von zwei Schritten verwandelte er sich von einem Menschen in ein Tier, seine beeindruckende Wolfsgestalt war größer und länger als ihre eigene. Eine riesige, einzigartig gefärbte Bestie, bei deren Anblick sie beinahe atemlos stehenblieb.

Ein Schattenwolf.

Die als ausgestorben geltenden Schattenwölfe waren die Gladiatoren der Gestaltwandlerwelt. Ihre Größe und Stärke waren legendär, von ihrer Wildheit im Kampf erzählte man sich mit Ehrfurcht, Respekt und Angst am Lagerfeuer. Aber Schattenwölfe waren ausgestorben – schon seit über zweihundert Jahren hatte niemand mehr einen gesehen. Das heißt, bis zum heutigen Abend. Seine Größe, seine schweren Muskeln, seine breiten Schultern und die einzigartigen Hermelinflecken entlang seines Rückens und seiner Hinterläufe verrieten ihr, was ihr Gefährte wirklich war. Eine Kampfbestie; eine Waffe im Krieg gegen die schlimmsten der Dinge, die in der Nacht ihr Unwesen treiben. Ungezähmt, unbesiegbar und unkontrollierbar.

Oh verdammt, was hatte sich das Schicksal dabei gedacht?

11

SCHNELL UND HART JAGTE IHR GEFÄHRTE DURCH DIE Sumpflandschaft. Sariel, die ihm folgte, konnte nur mit Mühe Schritt halten, weigerte sich aber, langsamer zu laufen. Angelita klammerte sich an seinen starken Hals und hielt ihre Augen fest geschlossen. Sariel wünschte, sie könnte das Mädchen trösten, könnte ihr sagen, dass alles gut werden würde, aber als der Klang männlicher Stimmen an ihre Ohren drang, zweifelte selbst sie daran.

Schreiend und brüllend preschten sie hinter ihr durch das Wasser. Im verzweifelten Versuch, ein wenig mehr Abstand zwischen sich und ihre Entführer zu bringen, rannte Sariel noch schneller. Ihr Gefährte knurrte bei jedem Schritt, seine Pfoten fegten über die Erde unter ihren Füßen.

Und dann begann das Heulen. Tief und dunkel; es war kein Geräusch, das ein Gestaltwandler machen würde. Der Ruf eines Werwolfs auf der Jagd. Sie wimmerte beim zweiten Heulen, stolperte beim dritten. Als sie wieder auf den Beinen war, rückte ihr Gefährte näher, berührte mit jedem Schritt ihre Schulter. Stützte sie mit seiner Berührung. Sariel nahm, was sie an Trost aus seiner Gegenwart schöpfen konnte, und rannte noch schneller.

Sariel und ihr Gefährte rannten durch den Wald am Flussufer entlang, ihre Pfoten flogen über die sumpfige Erde. Sie folgte seinem Beispiel und streckte ihren Körper, um ihr Tempo auf dem schwierigen Terrain so gut wie möglich halten zu können. Angetrieben von der Angst vor den Tieren, die sie jagten. Sie war fest entschlossen, zu entkommen. Zu überleben.

Als sie ungefähr einer Stunde unterwegs waren, so tief in der Wildnis, das Sariels Nackenhaare zu Berge standen, zerrte Angelita am Fell des Mannes, um ihn zum Stehen zu bringen.

„Ich glaube, ich bin jetzt bereit“, sagte sie.

Sariels Gefährte wechselte in seine menschliche Gestalt und ging vor dem Mädchen in die Knie, um ihr in die Augen sehen zu können. „Wir müssen uns beeilen, Omega. Verwandle dich.“

Angelita schloss ihre Augen und ballte die Hände zu Fäusten. Mehrere Minuten lang kämpfte sie darum ihren inneren Wolf in den Vordergrund zu ziehen. Sariel wartete und sah zu, ihr Herz brach für das Mädchen. Obwohl Formwandeln natürlich war, brauchte man Zeit, um es zu erlernen. Es brauchte Kraft und mentale Fähigkeiten, um die Magie ihrer Art zu nutzen. Und Angelita war noch nicht so weit.

Der Schattenwolf warf einen Blick auf Sariel, bevor er eine Hand auf Angelitas Arm legte, um sie aufzuhalten. „Omega, wir müssen weiter.“

„Ich schaffe das."

„Nein, ich glaube nicht, dass du es schaffst."

„Doch." Angelitas Blick wurde finster, sie zog ihre Schultern zurück und ballte die Hände zu Fäusten. „Ich werde es dir zeigen. Ich brauche nur eine Minute."

Der Mann blickte sich im Wald um. „Wir haben keine Minute."

„Ich schaffe das allein." Angelita hatte ihre Stimme erhoben, sie schrie den Mann regelrecht an.

Er warf ihr einen finsteren Blick zu, seine von flüssigem Silber durchzogenen Augen glühten. „Dann verwandle dich, Omega."

„Gib mir eine Minute", schrie Angelita mit hochrotem Kopf.

„Wir haben keine Zeit, um zu warten; wir müssen weiter." Er packte sie beim Ellbogen und legte seine andere Hand auf ihre Stirn. „Verwandle dich, jetzt."

Sariel trat einen Schritt zurück; die Energie, die aus der Erde aufstieg, entlockte ihr ein Knurren. Angelitas Augen weiteten sich, als etwas auf der Lichtung explodierte, das sich wie eine bastardierte Alpha-Ordnung anfühlte. Sie warf ihren Kopf in den Nacken, ihr ganzer Körper war angespannt, als die Kraft, die um sie herumwirbelte, sie auf die Zehenspitzen zog. Ihren Körper dem Willen eines anderen Wesens beugte. Angelitas Kiefer klappte auf, ihre Kehle arbeitete, als wollte sie schreien, aber es kam kein Ton heraus.

Langsam begann Angelita, sich zu verändern. Knochen und Muskeln streckten und verformten sich, bis ihr Körper eine wolfsähnliche Gestalt hatte. Das Mädchen zitterte wie Espenlaub, ihr Körper wehrte sich krampfhaft gegen die Veränderung. Sariel wimmerte, während sie entsetzt zusah. Sich so langsam zu verwandeln musste unwahrscheinlich wehtun - mehr als nur das, vermutlich stand das Mädchen Todesqualen durch. Sie konnte das nicht länger mitansehen.

Sariel nahm wieder ihre menschliche Form an und rief Angelita zu, noch bevor sie sich ganz verwandelt hatte. „Entspann dich, kämpf nicht dagegen an. Es wird nicht so weh tun, wenn du aufhörst, dich zu wehren."

Angelitas Kopf kippte zur Seite, ihr Blick begegnete Sariels. Sie sah müde aus und so unglaublich verängstigt.

Der ältere Gestaltwandler nickte und schenkte dem Mädchen ein mattes Lächeln. „Es wird alles gut; lass dich einfach fallen. Lass deine Wölfin die Kontrolle übernehmen. Sie wird dich beschützen."

Als Angelita sich entspannte, ihre Augen schloss und ihrer Wölfin erlaubte, sich in den Vordergrund zu drängen, trat Sariel an die Seite ihres Gefährten. Sein Körper spannte sich an, als sie sich näherte, seine Augen waren auf die sich verändernde Gestalt des jüngeren Mädchens gerichtet. Sariel sah seine Anspannung in seinen zusammengebissenen Zähnen, dem Zucken eines Muskels neben seinem Auge. Er hatte nicht gewollt, dass Angelitas Verwandlung so schiefging.

Da sie es nicht ertragen konnte, ihn in Not zu sehen, ging Sariel direkt neben ihn und berührte mit ihrer Schulter seinen Arm. Er zuckte zusammen und sah nach unten, offensichtlich überrascht, als ihre Haut auf seine traf. Sariel betrachtete ihn abwartend, ohne zurückzuweichen. Wölfe waren Rudeltiere und verließen sich auf Berührung; sie brauchten sie. Die Berührung durch einen Rudelkameraden konnte die Nerven beruhigen oder Traurigkeit lindern. Ihr Gefährte tat so, als würde er es nicht genießen, berührt zu werden, aber Sariel wusste es besser. Das Bedürfnis nach körperlichem Kontakt war Teil ihrer Natur. Berührung heilte.

Sariel blieb, wo sie war, und schmiegte sich in seinen Arm, bis er schließlich seufzte und ihre Zärtlichkeit erwiderte. Sie spendete Trost und bekam ihn zurück, alles zur gleichen Zeit. Sie lächelte zu ihm auf, bevor sie ihren Kopf an seinen Oberarm lehnte und ihr Blick wieder zu Angelita wanderte. Und so warteten sie darauf, dass das junge Mädchen die längste Verwandlung beendete, die Sariel je gesehen hatte.

Als sie vollständig zur Wölfin geworden war, fiel Angelita auf den grasbewachsenen Waldboden. Sariel tat es ihr gleich, verwandelte sich, ohne von der Seite ihres Gefährten zu weichen, und streifte ihr Fell an seinem Bein, während sie wartete. Angelitas rote Wölfin war zierlich, aber offensichtlich stark, mit einem mageren, aber muskulösen Körperbau. Sariel sah, dass sie die Flucht durchstehen würde, sobald sie sich körperlich von dieser schrecklichen Verwandlung erholt hatte. Sich mental zu erholen, würde eine andere Geschichte sein.

Angelita brauchte ein einige Sekunden, um auf die Beine zu kommen, ihr Atem ging noch schnell und stoßartig, ihre Hinterläufe zitterten. Sie sah erschöpft aus. Sariel eilte zu ihr, fiepte und drückte ihren Körper an das Fell der kleinen Wölfin. Sie versuchte, dem Mädchen die Unterstützung zu geben, die sie offensichtlich brauchte. Ihr Gefährte verwandelte sich ebenfalls in seine Tiergestalt zurück, und gemeinsam spendeten sie ihrem neuen Rudelmitglied Trost und Nähe.

Sariels Gefährte brach die Berührung als erster ab, bevor er sich ein paar Schritte weit entfernte und die Luft um sie herum nach Anzeichen von Gefahr abtastete. Da war keine Fäulnis in der leichten Brise, kein Geräusch einer Bestie, die ihnen durch den Wald folgte. Trotzdem machte sich Sariel Sorgen. Anscheinend dachte ihr Gefährte dasselbe, denn mit einem Schnauben und einem leisen Kläffen rannte er voraus in die Nacht. Die beiden Wölfinnen folgten ihm, ohne zu zögern. Sariel hielt sich dicht neben Angelita und weigerte sich, auch nur einen einzigen Schritt vor das Mädchen zu machen. Sie würde nicht zulassen, dass Angelita zurückblieb.

Schließlich führte der Mann sie zu einem staubigen alten Jeep mit riesigen Reifen, der an einer so unebenen und überwucherten Straße geparkt war, dass Sariel sich fragte, warum sie überhaupt existierte. Vielleicht ein Forstweg oder eine Feuerwehrzufahrt. Was auch immer es war, sie war in ihrem ganzen Leben noch nie so glücklich gewesen, ein Fahrzeug zu sehen. Vor allem eines, das für raues Gelände gemacht war.

Ihr Gefährte verwandelte sich, als sie sich dem Jeep näherten, ohne stehenzubleiben, während er sich von seinen vier Beinen auf zwei aufrichtete. Sariel folgte; ihre Halswirbel knackten, als Fell zu Haut wurde. Angelita blieb in ihrer Wolfsgestalt; wahrscheinlich befürchtete sie, sich sonst nicht wieder zurückverwandeln zu können.

Nackt und schmutzig eilten Sariel und ihr Gefährte zum Jeep, während Angelita hinter ihnen hersprang. Sariel hielt die Beifahrertür für die Wölfin offen und ließ Angelita genug Platz, um auf den Rücksitz zu springen, bevor sie selbst in den Beifahrersitz kletterte.

Als ihr Gefährte den Schlüssel drehte, der im Zündschloss steckte, warf er einen Blick auf Sariel. Sie konnte sich nur vorstellen, wie sie aussehen musste. Nackt, schmutzig, voller Schlamm und Gott weiß was noch alles aus dem

Sumpf. Nicht gerade Pinup-Material. Sie zappelte in ihrem Sitz, schlug die Beine übereinander und legte die Hände auf ihre Knie. Es war ihr noch nie unangenehm gewesen, nackt zu sein, aber sie hatte auch nie wirklich darüber nachgedacht, da Wolfsgestaltwandler oft nackt waren. Aber das hier war etwas Anderes. Das hier war ihr Gefährte, und er sah sie nicht nur nackt, sondern auch schmutzig und ungepflegt.

Was gäbe sie in diesem Moment nicht für eine stundenlange Dusche.

Schließlich wandte ihr Gefährte seinen Blick ab, was Sariels Nerven etwas entlastete. „Auf dem Rücksitz liegt eine Decke und ein Packet mit Kleidung, falls du sie erreichen kannst." Er trat das Gaspedal durch, während er sprach, und Erde spritzte unter den Reifen hervor, als sie die Straße hinunterrasten.

Sariel griff hinter sich, bekam die Decke in die Finger, wickelte sie sich um den Körper und warf ihm ein kleines Bündel aus Stoff zu. „Sonst ist da hinten nichts."

Er wickelte das Bündel auf und hielt kurz darauf ein löchriges T-Shirt und ein paar Shorts in der Hand, die aussahen, als kämen sie von einer Art Uniformhose. Er reichte ihr die Kleidung, ohne sie anzusehen. Sie befingerte den Stoffrand der Shorts, plötzlich nervös.

„Ähm, hier." Sie reichte ihm die Shorts und hatte dabei große Mühe, seinen nackten Körper nicht anzustarren. Sie versuchte es, scheiterte allerdings. Er war so gut gebaut, so absurd muskulös. Aber selbst das konnte ihn nicht vollständig beschreiben. Der Mann war einfach eindrucksvoll... groß und breit, muskulös und stark. Eine massive Mauer von einem Wolfsgestaltwandler.

Sie konnte nicht anders, als ihren Blick über seine Hände wandern zu lassen, die um das Lenkrad lagen, hinunter zu seinen angespannten Armen, zu den runden Muskeln seiner Schultern. Sein Kiefer krampfte sich zusammen, als sie ihn betrachtete; von seinem Gesicht über seinen Hals hinunter zu seiner Brust. Noch tiefer, über die Kurven und Wellen seiner Bauchmuskeln, tanzte sie an seinem Adonisgürtel entlang, bevor sie dorthin wanderte, wo sein dicker Penis an seinem Oberschenkel ruhte. Groß, wie der ganze Mann. Stumpf und fett. Sariel zitterte, aber sie atmete tief ein und kämpfte gegen die Welle der Erregung an, die es in ihr auslöste, ihn so frei und nackt zu sehen. Sein Penis begann unter ihrem Blick zu zucken und wurde mit jeder Sekunde größer. Wie hypnotisiert starrte sie ihn an, der Mund blieb ihr offenstehen, ihr Atem ging schneller. Großer Gott, er war einfach so *dick*.

Sie fuhren über ein Schlagloch in der Straße, der Jeep ruckelte hart zur Seite. Sariel riss ihren Blick vom Schoß ihres Gefährten los, ihre Wangen wurden heiß, als sie merkte, dass er sie anstarrte. Er beobachtete sie. Wohl wissend, was sie ansah und wahrscheinlich auch, wie sie sich dabei fühlte. Der Paarungsdunst war stark, die Bindung fordernd. Es spielte keine Rolle, dass sie buchstäblich um ihr Leben rannten oder dass eine weitere Person auf dem Rücksitz saß. Sie wollte ihn, und sie wusste, dass er das Verlangen, das sie ausstrahlte, spüren konnte.

Er warf ihr einen strengen Blick zu, seine Augen fielen für einen Moment auf ihre Beine, bevor er seine Aufmerksamkeit wieder auf die Straße richtete. Ohne einen zweiten Blick griff er nach den Shorts, strich mit seinen rauen Fingern leicht über ihre Handrücken und legte den Stoff auf seinen Schoß.

„Zieh das Hemd an."

Seine Stimme fühlte sich wie ein Verweis an, und Sariels Zuversicht schwand. Ihr Magen sank, ihr Gesicht brannte noch heißer als zuvor. Sie gehorchte und zog das Hemd an. Es hatte ein Loch an der Seite, klein und ganz rund, aber wenigstens bedeckte der Stoff sie bis zur Mitte ihrer Oberschenkel. Lang und grau und weich, nach ihrem Gefährten riechend, war das Hemd ein kleiner Trost. Einer, an den sie sich klammerte. Sobald sie angemessen bedeckt war, wandte sie ihren Körper der Beifahrertür zu und tat ihr Bestes, um den Mann zu ignorieren, der weniger als einen halben Meter entfernt war. Der sich – sie spürte es – ebenfalls bemühte, sie nicht zu beachten, während er die Shorts über seine langen Beine zog, ohne das Lenkrad loszulassen.

Nach einer Zeit, die sich wie Stunden anfühlte, hielten sie vor einem kleinen Haus am Seeufer. Ihr Gefährte parkte den Jeep und nahm dann ein Gerät aus dem Handschuhfach, das wie ein schwarzes Handy aussah. Bevor sie danach fragen konnte, sprang er aus dem Fahrzeug und ließ sie zurück. Sariel blieb sitzen und sah ihm nach. Als er davonging, begann ihr Herz zu rasen, und ihr wurde übel. Sie hatte keine Ahnung, wo sie waren und warum sie angehalten hatten. Und sie hatte keine Ahnung, wie sie überhaupt mit einem Mann wie ihrem Gefährten sprechen sollte. Sollte sie nicht wenigstens in der Lage sein, *etwas* zu sagen?

Als die Frauen ihm nicht folgten, verlangsamte er seinen Schritt, drehte sich um und blickte Sariel mit gehobener Augenbraue an.

„Kommt." Er gab ihnen ein Zeichen, ihm zu folgen.

Nun, vielleicht war die Unfähigkeit, Worte aneinanderzureihen, ein Problem, das auf beiden Seiten bestand. Sariel kroch von dem riesigen Fahrzeug herunter und half Angelita auf den Boden, bevor die beiden ihm folgten. Er beobachtete, wie sie sich ihm näherte, musterte sie, ließ seine Augen auf eine Weise an ihrem Körper entlangwandern, die unverhohlen sexuell war. Das Feuer in seinem Blick versetzte ihren Körper in Alarmbereitschaft, ließ Schmetterlinge in ihrem Bauch explodieren. Aber dann schüttelte er den Kopf, runzelte die Stirn, und Sariels Erregung sank wieder auf den Boden der Tatsachen zurück. Verdammt, sie wusste nicht, wie sie mit ihm umgehen sollte.

Ohne ein Wort drehte er sich um und pirschte auf das Haus zu. Sariel beeilte sich, mit seinem Tempo Schritt zu halten, während Angelita an ihr vorbeirannte, immer noch in Wolfsgestalt. Er nahm die drei Stufen in einem einzigen Sprung, die Augen auf sein Handy gerichtet. Konnte er ihnen nicht wenigstens etwas Aufmerksamkeit schenken, bevor er tat... was auch immer er da tat?

„Was nun?“, fragte sie, als sie auf die Veranda trat.

Ihr Gefährte entriegelte mit einem Tastenfeld die Haustür und führte sie in das Gebäude. „Wir verschanzen uns und rufen Verstärkung.“

„Wir fliehen nicht weiter?“

„Wenn wir fliehen, werden sie uns folgen. Ich kämpfe lieber zu meinen Bedingungen als zu ihren.“

Sariel warf einen Blick auf Angelita, die auf dem Boden saß und sie beobachtete. Verdammt, sie wollte ihm vertrauen, dem Mann vertrauen, der gekommen war, um ihnen zu helfen, aber sie wollte auch weit, weit weg von diesem furchtbaren Ort.

„Wie kannst du sicher sein, dass sie uns hierher folgen würden?“

Er schnaubte, ohne sie anzusehen. „Weil ihr beiden hier seid. Sie werden kommen."

Sariel wollte gerade antworten, als Bez seine Hand hob und sie mit einem Finger zum Schweigen brachte.

„Das Ziel wurde gefasst. Ich werde Verstärkung brauchen." Sein Körper wurde still, während er zuhörte, dann sprach er mit rauer Stimme weiter. „Negativ. Wir haben keine Zeit." Er warf einen Blick auf die Uhr und seufzte. „Verstanden."

Sariel folgte ihm durch das Haus, während er auflegte und sein Telefon wieder einsteckte. „Wir sind also Köder? Wir sollen einfach hier sitzen und darauf warten, dass sie kommen und uns wieder mitnehmen?"

Seine kühlen Augen trafen die ihren, hart und direkt, in ihnen lag kein Zeichen von Zuneigung oder Verbundenheit. „Sie werden kommen, und sie werden versuchen, euch beide wieder einzufangen oder zu töten. Aber es wird ihnen nicht gelingen. Meine Befehle sind klar – ich muss die Omega retten, koste es, was es wolle."

„Aber du hast deine Befehle bereits missachtet“, flüsterte Sariel, ein Knoten bildete sich in ihrem Magen. „Die Omega retten... Singular. Du hast mich mitgenommen, obwohl du mich hättest zurücklassen und nur Angelita mitnehmen sollen. Sie ist deine Mission.“

Sein Kiefer krampfte sich zusammen, der Muskel begann zu zucken. „Strategische Entscheidung.“

Sariel verschränkte die Arme vor der Brust und hob das Kinn, unfähig, das Zittern in ihrer Stimme zu verbergen. „Und was ist mit mir?“

Er starrte sie einen Moment lang an, seine eisblauen Augen waren hart. Unerschütterlich, emotionslos... und uninteressiert. „Du bist nicht Teil des Plans.“

12

Bez sah, wie das Gesicht seiner Gefährtin sank, ein ungewohntes Gefühl in seinem Bauch verriet ihm, dass er sie verletzt hatte. Er hasste diesen Blick, die Art, wie ihre Augen leer und flach wurden, und wie das Leuchten in ihnen erlosch. Es ließ sie innerlich fast tot erscheinen, und obwohl er nicht genau wusste, wie er es vermasselt hatte, war das Letzte, was Bez wollte, sie auf irgendeine Weise tot zu sehen.

Er suchte nach Worten, mit denen er seinen Fehler wiedergutmachen könnte, Worte, die diesen Ausdruck aus ihrem Gesicht nehmen würden, aber er fand sie nicht. Und an der Art, wie ihre Schultern sich niedergeschlagen nach vorne neigten, wusste sie das auch. Verdammt, warum hatte er sie *jetzt* finden müssen? Nach all den Jahren allein, nach Jahrhunderten, in denen er mit seinen Schattenwolf-Brüdern das Leben eines Nomaden geführt hatte, stolperte er mitten in einer verdammten Mission über seine Gefährtin. Darauf hatte er sich nicht vorbereiten können.

Nach einem langen, angespannten Moment holte die Frau tief Luft und hob ihr Kinn, beinahe herausfordernd. Bez' Wolf wurde hellhörig und beäugte sie, um herauszufinden, was sie vorhatte. Der harte Blick, den sie ihm zuwarf, ließ den Wolf in seinem Kopf winseln und schickte sein Blut Richtung Süden zu seinem schon so lange vernachlässigten Schwanz.

„Ich muss duschen“, sagte sie mit fester Stimme.

Bez spürte, wie sich seine Augenbrauen zusammenzogen. Er wollte sie fragen, was er falsch gemacht hatte und wie er es in Ordnung bringen konnte, aber er schwieg. Stattdessen deutete er auf die Rückseite des Hauses. Die Frau nickte einmal, warf einen Blick auf die Wölfin an seiner Seite und schritt den Flur entlang in Richtung Badezimmer. Er sah ihr hinterher, und der angstvolle Knoten, der sich in seinem Bauch bildete, sagte ihm, dass er gerade einen großen Fehler gemacht hatte. Ein für ihn ungewohntes Gefühl.

Die Wölfin an seiner Seite, die Omega namens Angelita, winselte, als sie ihre Freundin gehen sah.

„Sie will duschen", sagte Bez und runzelte die Stirn darüber, wie unnötig seine Worte waren. „Ich habe keine Ahnung, was gerade passiert ist."

Angelita schnaubte; ein fast spöttischer Laut, der in Anbetracht der Situation passend schien.

„Was?", fragte Bez. „Soll ich etwa wissen, was in dem Kopf dieser Frau vor sich geht?"

Angelita antwortete nicht. Stattdessen hüpfte die Wölfin auf die Couch und wartete. Sie musterte Bez mit einem seltsamen Blick, der ihm das Gefühl gab, dass sie etwas von ihm erwartete. Als er nichts tat, bellte sie. Bez knurrte als Antwort, sein Wolf zwang seinen menschlichen Geist beiseite. Die Wölfin wedelte mit dem Schwanz und spitzte ihre Ohren, ohne ihren Blick von ihm abzuwenden - das Ebenbild jugendlicher Ignoranz. Wenn sie wüsste, was für ein Mann er war und was er im Laufe der Jahre getan hatte, würde sie ihn nicht in ihrer Nähe haben wollen. Aber in diesem Moment wollte sie es.

Bez näherte sich der Couch mit Vorsicht, seine Schritte waren langsam. Er hatte keine Angst vor der kleinen Wölfin, aber sie brachte ihn aus dem Gleichgewicht, genau wie seine Gefährtin. Er mochte dieses Gefühl nicht, war nicht daran gewohnt. Er stellte fest, dass er die Frauen behandelte, als wären sie gefährlich, wenn das nicht lächerlich war. Ein winziger Teenager-Werwolf und seine eigene Gefährtin, gefährlich für *ihn*.

Mit mehr Vorsicht als wahrscheinlich nötig, wenn man die kleine Statur des Mädchens bedachte, ließ sich Bez auf die Couch fallen und achtete darauf, genug Abstand zu Angelita zu halten. Mit leisen schnaubenden Geräuschen rutschte sie näher heran. Bez knurrte, sein Wolf war unsicher, ob sie ihn mit ihrem Verhalten herausfordern wollte oder nicht.

Als ihre Nase seinen Oberschenkel berührte, schnaubte Bez. „Wenn du etwas zu sagen hast, Omega, dann verwandle dich zurück und sag es."

Die Wölfin hielt inne und starrte ihn einen Moment lang tief und fest an, bevor sie ihren Blick senkte. Bez konnte fast die Traurigkeit spüren, die von ihr ausging, die Traurigkeit und die Verzweiflung. Sein Wolf drängte sich nach vorne und sah sie als etwas, das er bewachen und beschützen musste. Mehr als nur in dem Zusammenhang, Blazes Befehle zu befolgen. Er sah sie plötzlich als Rudelmitglied, was ihn noch mehr aus dem Gleichgewicht brachte. Bez war kein Beschützer. Er war ein Jäger, ein

Fährtenleser und ein Killer. Seine Vorstellung davon, die Omega in Sicherheit zu bringen, war gewesen, sie in den Schutzraum zu sperren und zu warten, bis sich jemand anders um sie kümmern konnte. Jetzt hatte er zwei Omegas am Hals, und er konnte sich nicht vorstellen, eine von ihnen allein zu lassen.

Unsicher, was er als nächstes tun sollte, sagte Bez das einzige, was ihm einfiel. „Du kannst dich nicht zurückverwandeln, oder?“

Angelita schüttelte den Kopf und wimmerte.

„Ich habe noch nie versucht, eine erzwungene Verwandlung rückgängig zu machen, aber wir könnten es versuchen. Wenn du willst.“ Auf ihr heftiges Knurren hin hob er die Hände. „Nein. Okay. Kapiert.“

Die rote Wölfin entspannte sich wieder, obwohl ihre Augen immer noch wach und aufmerksam waren. Misstrauisch. Bedauern war kein Gefühl, mit dem Bez gut vertraut war, aber in diesem Moment beugte er sich förmlich dem Bedauern, das schwer auf seinen Schultern lastete.

Bedauern darüber, dass er sie nicht besser beschützt hatte, Bedauern darüber, dass er sie gezwungen hatte, sich zu verwandeln, Bedauern darüber, nicht zu wissen, wie er das, was er getan hatte, wieder in Ordnung bringen konnte.

Er mochte diese Bedauern-Scheiße nicht.

Bez hob die Hand, seine Bewegungen waren fahrig und unbeholfen. Mitgefühl war nicht sein Ding... Er berührte nicht. Er fühlte nicht. Das alles hatte in seinem Dasein keinen Platz... Ohne lange genug zu warten, um es sich anders überlegen zu können, hob Bez eine Hand und legte sie an Angelitas Nacken. Und dann kraulte er sie.

„Es ist okay“, sagte er und starrte dabei ungläubig auf seine Finger, die sich unter ihrem Fell bewegten. Er fragte sich, wann er das letzte Mal jemanden freiwillig berührt hatte, außer bei einer förmlichen Begrüßung. „Diese ersten Verwandlungen können brutal sein. Bis ich neunzehn war, konnte ich mich nicht nach Belieben verwandeln. Davor war jede Verwandlung, die mein Vater mir aufzwang, schmerzhaft und schien ewig zu dauern. Und es dauerte genauso ewig, bis ich mich wieder allein zurückverwandeln konnte."

Das Mädchen beobachtete ihn mit ihren großen Augen. Es wartete auf etwas, das er nicht einordnen konnte. Bez' Bewegungen gerieten ins Stocken, sein Mund wurde trocken. Scheiße, was sollte er sagen? Die Omega lag da und starrte ihn an, ohne ihm auch nur einen Hinweis darauf zu geben, was sie wollte. Bez hasste es, den nächsten Schritt in einem Plan nicht zu kennen. Er hasste es so sehr, dass er sich weigerte, so zu leben. Aber verdammt, die beiden Omegas hatten seine Welt im Laufe eines einzigen Abends komplett auf den Kopf gestellt. Und der Abend war noch nicht zu Ende.

Seufzend rieb er sich mit der freien Hand über den Kopf und gab sich diesen tiefen, dunklen Augen hin, die ihn anschauten. „Du wirst dich zurückverwandeln, wenn du bereit bist. Du bist noch zu jung, um mit dem Druck umzugehen, den ich auf dich ausgeübt habe. Ich... hätte dich nicht zwingen sollen, dich unter diesen Umständen zu verwandeln."

Als Bez verstummte, ertappte er sich dabei, wie er den Flur hinunterstarrte, in dem seine Gefährtin verschwunden war. Angelita musste sich mit seinem Schweigen wohler fühlen als wenn er sprach. Sie kam näher, rollte sich neben ihm zusammen und legte ihren Kopf auf sein Knie. Bez vergrub seine Finger tiefer in ihrem Fell, die Nähe eines anderen Gestaltwandlers beruhigte seine rasenden, verwirrten Gedanken. Ein sehr unerwarteter Vorteil dieser ganzen Berührungsgeschichte. Der Trost beruhigte ihn, lullte ihn in einen Gefühlszustand ein, den er noch nie erlebt hatte.

„Habe ich etwas verbockt?" Die Worte überraschten ihn fast, die Schwäche hinter ihnen war etwas, das er nicht hatte teilen wollen.

Angelita schniefte, ein zustimmendes Geräusch, wenn er es einordnen müsste.

Bez schluckte und lauschte den Lauten, die aus dem Flur kamen. Wasser, das fiel und auf Haut traf, etwas, das auf den Kacheln plätscherte. Die Geräusche seiner Gefährtin, die unter der Dusche stand

Seine *Gefährtin*...

„Ich weiß nicht, wie ich das machen soll." Bez leckte sich über die Lippen und kämpfte darum, die Worte herauszubekommen. „Ich habe so etwas noch nie gemacht. Noch nie. Sie ist..."

Er konnte es nicht sagen, konnte Angelita nicht sagen, dass er seine Gefährtin gefunden hatte, bevor er die Worte zu der Frau selbst gesagt hatte. Zu einer Frau, deren Namen er noch nicht einmal kannte.

„Oh, Scheiße." Bez fuhr sich mit einer rauen Hand über seinen geschorenen Kopf. Er hatte sie nicht nach ihrem Namen gefragt und schon gar nicht seinen angeboten. Er hatte zwar dafür gesorgt, dass sie zusammen mit Angelita gerettet wurde, aus rein egoistischen Gründen, wenn er ehrlich war, aber er hatte sie nicht so behandelt, wie eine Gefährtin behandelt werden sollte. Er hatte sich nicht um sie gekümmert, hatte nicht einmal ein kleines Bisschen von sich selbst preisgegeben. Nicht einmal *seinen Namen* hatte er ihr verraten.

Aber die Gefahr hatte nicht nachgelassen, und er dachte immer noch wie ein Soldat, nicht wie ein Rudelkamerad. Die Bedrohung durch einen jagenden Werwolf während des Vollmonds war real, besonders für die Frauen. Die Männer aus dem Lager würden sie finden, und sie hätten die Bestie bei sich. Sie würden versuchen, den Werwolf so zu manipulieren, dass er sich von der Omega fernhielt – was bedeutete, dass sie ihn auf seine Gefährtin hetzen würden. Eine Frau, die sie als entbehrlich ansahen. Dieser Gedanke ließ sein Blut kochen und den Wolf in seinem Kopf bösartig knurren. Seine Gefährtin war genauso viel wert wie er selbst, und das würde er jedem beweisen, der es wagte, sie anders zu behandeln. Aber er würde Hilfe brauchen, um die Bedrohung zu beseitigen.

„Scheiße." Bez warf den Kopf in den Nacken und zog sein Telefon aus der Tasche seiner Shorts. Er hatte noch nie einen solchen Anruf getätigt, noch nie jemanden außerhalb seiner Brüder um Hilfe bitten müssen. Nicht bis jetzt. Nicht, bis er begonnen hatte, seine Befehle zu missachten.

Seine Finger flogen über den Bildschirm, als er die Nummer aus dem Gedächtnis wählte. Vorsichtig hob er Angelitas Schnauze von seinem Oberschenkel und legte sie auf die Sitzfläche der Couch, als er aufstand. Langsam schritt Bez über den Boden, während er darauf wartete, dass Dante abnahm. Ein leises, gleichmäßiges Knurren rollte durch seine Kehle. Es musste klappen. Mehr konnte er nicht tun - nicht allein. Er hatte die Aufgabe, Angelita vor Schaden zu bewahren, aber er hatte auch eine persönliche Verantwortung gegenüber seiner Gefährtin. Er musste sich um beide Frauen kümmern, und das konnte er nicht allein tun. Um sie beide in Sicherheit zu bringen, brauchte er Hilfe.

Nachdem es gefühlte einhundertmal geklingelt hatte, ertönte Dantes Stimme am anderen Ende. „Was gibt's Neues, Bez?"

„Planänderung."

Dantes Pause wäre für jeden anderen kaum merkbar gewesen, aber Bez hatte lange Zeit eng mit ihm und Blaze zusammengearbeitet. Diese Pause hätte genauso gut ein Schrei sein können.

„Wie ist die Lage?“, fragte Dante mit etwas leiserer Stimme.

„Drei Gestaltwandler auf dem Weg zu uns, plus ein Werwolf auf der Jagd.“

„Oh, verdammt.“ Dantes Finger mussten förmlich über die Tasten fliegen; sein Tippen klang wie Maschinengewehrfeuer. „Wie viel Zeit bleibt?“

„Höchstens ein paar Stunden.“

„Verdammt noch mal, Beelzebub. Du lässt uns nicht viele Möglichkeiten.“

Bez kniff seine Augen fest zusammen. „Ich weiß, Sir.“

„Gibt es einen Ort, wo du dich verstecken kannst?“

„Das Haus am See außerhalb von Port Barre. Dort gibt es ein Arsenal und einen Schutzraum.

Ich benutze es nur ungern, aber es wird funktionieren, um sie von den..." Bez holte tief Luft „...den Omegas fernzuhalten."

Die Stille am anderen Ende währte weit länger als Dantes erste Pause; dieses Mal wäre sein Schweigen selbst einem Fremden nicht entgangen. Bez hatte gewusst, dass die Information, dass es sich um zwei Omegas handelte, den Gestaltwandler schockieren würde.

Nach fast zwanzig Sekunden fassungslosen Schweigens knurrte Dante: „Was meinst du, *den* Omegas? Bitte sag mir, dass du dich falsch ausgedrückt hast."

Bez drehte eine weitere Runde durch den Raum und wurde dabei etwas langsamer. „Es waren zwei Omegas im Lager, Sir."

Dante fluchte leise, aber heftig. „Und du hast sie beide mitgenommen?"

„Ja, Sir."

Wieder Schweigen. Bez hob ruckartig den Kopf, als die Dusche ausgeschaltet wurde, und seine

Ohren spitzten sich, als er das Kratzen eines Handtuchs über weiche Haut vernahm. Seine Gefährtin würde bald fertig sein, und er hatte immer noch keine Ahnung, was er ihr sagen sollte.

Angelita sprang von der Couch, ging den Flur hinunter und überließ Bez seinem Telefonat. Er hörte, wie sie in das hintere Schlafzimmer trottete und auf das Bett sprang. Die Matratze knarrte schon unter ihrem geringen Gewicht. Bald würde er sie nach oben bringen müssen, in die kalte, stählerne Kiste, die ihr das Leben retten würde, falls der Werwolf an ihm vorbeikam, aber momentan konnte er sie noch in dem bequemen Bett schlafen lassen. Wenn er seinen Wolf dicht an der Oberfläche hielt, würde er die Bedrohung durch die Männer und ihre Bestie kommen hören, lange bevor sie das Grundstück erreichten.

„Wissen wir, zu welchem Rudel Omega zwei gehört?“, fragte Dante und lenkte damit Bez‘ Aufmerksamkeit wieder auf das Telefongespräch.

„Nein, Sir.“

„Passt sie zu den Beschreibungen einer der vermissten Omegas, die gemeldet wurden?“

„Nein, Sir.“

„Hast du sie befragt?“

„Nein, Sir.“

„Woher weißt du, dass sie keine Bedrohung ist?“

Bez hielt inne und hörte zu, wie seine Gefährtin über den Kachelboden des Badezimmers tapste. Der Soldat in ihm verlangte, er solle Dante alle Details erzählen, ihm sagen, dass er in der zweiten Omega seine Gefährtin gefunden hatte. Aber auch hier wollte Bez die Worte nicht zum ersten Mal aussprechen, es sei denn, sie waren für *sie* bestimmt. Irgendetwas in ihm, eine tiefe, fast tote Stelle in seinem Inneren, sagte ihm, dass es so richtig war. Es anderen zuerst zu sagen, wäre respektlos ihr gegenüber und auch gegenüber der Heiligkeit des Paarungsanspruchs. Und wenn es etwas gab, das ein Schattenwolf verstand, dann war es, was Respekt bedeutete.

Also holte Bez tief Luft, konzentrierte sich auf das Geräusch der Frau, die gerade die Badezimmertür geöffnet hatte, und hielt zum ersten Mal, seit sie zusammenarbeiteten, Informationen vor Dante zurück.

„Ich weiß es einfach, Sir."

13

Sariel blieb lange unter der pulsierenden Hitze der Dusche, und ließ das heiße Wasser den Schmutz wegspülen, der ihren Körper bedeckte. Gäbe es doch nur einen Weg, auch die schlechten Erinnerungen wegzuwaschen. Zwei Monate lang war sie in dieser Hölle von einem Hausboot gefangen gehalten worden, die Hälfte der Zeit allein und völlig verängstigt. Verdammt, wenn sie ganz ehrlich war, hatte sie jede verdammte Sekunde in Angst verbracht. Und obwohl sie glauben wollte, dass dieser Teil ihres Lebens vorbei war, zweifelte sie daran. Diese Männer waren immer noch hinter ihr und Angelita her. Das Einzige, was ihnen im Weg stand, war ihr Gefährte.

Ihr Gefährte... *wow.*

Die Dusche mochte sie erfrischt haben, aber sie trug wenig dazu bei, ihr zerrüttetes Ego zu beruhigen. Ihr Gefährte war nicht gut mit Worten, so viel war offensichtlich. Als er sagte, sie sei nicht Teil des Plans, dachte Sariel, ihr Herz würde brechen. Sie verzehrte sich vor Angst, dass er es bereuen könnte, sie mitgenommen zu haben. Aber so wie das Wasser, das den Abfluss hinunterwirbelte, von schwarz zuerst grau und schließlich klar wurde, so klärten sich auch diese Gedanken und Unsicherheiten. Egal, wie wenig sie sich kannten, sie waren jetzt auf eine Weise miteinander verbunden, von der die meisten Gestaltwandler nur träumten. Sie musste ihr Höschen für große Mädchen anziehen, so wenig sie sich momentan auch danach fühlte, und sich der Bestie stellen, um herauszufinden, woran sie war.

Sie musste mit ihrem Gefährten über mehr sprechen als nur darüber, wie man am Leben bleibt.

„Es ist nur ein Gespräch", flüsterte Sariel in die Brause und ließ das Wasser ihre Worte ertränken. Bei dem Gedanken daran, wie schlimm die Sache möglicherweise ausgehen könnte, wurde ihr Magen flau, und sie drehte widerwillig den Wasserhahn zu. Sofort begann sie zu frösteln. Die Dusche hatte ihren Körper überhitzt, aber sie bewegte sich nicht. Stattdessen stützte sie sich mit den Händen gegen die Fliesen, nicht gewillt, die Sicherheit des dampfenden Badezimmers zu verlassen.

Schließlich schnaubte Sariel und riss die Glastür auf. Sie konnte sich nicht ewig verstecken. Schnell trocknete sie sich ab und warf sich das T-Shirt über, das sie im Jeep bekommen hatte, unfähig, das kleine runde Loch nicht zu bemerken, das fast genau auf ihrer Hüfte saß. Ein perfekter Kreis, an den Rändern leicht verdunkelt. Sehr merkwürdig, wenn auch nur in seiner Schlichtheit. Sie steckte ihren Finger durch das

Loch und wackelte mit ihm, während sie darüber nachdachte, warum der Mann ein Hemd mit einem Loch behalten würde. Aus sentimentalen Gründen? Er wirkte nicht gerade wie ein sentimentaler Mensch, aber es war immer eine Möglichkeit. Irgendeine Art von Erinnerung, die mit dem Kleidungsstück verbunden war? Gut oder schlecht, das könnte ein Grund sein, es zu behalten. Oder war er einfach jemand, der sich weigerte, Dinge aufzugeben, wenn er ihre Mängel als geringfügig ansah?

Sariel seufzte. Sie machte sich viel zu viele Gedanken über ein einfaches T-Shirt mit einem Loch. Sie musste aufhören, Zeit zu schinden. Nachdem sie einen weiteren Moment auf das Loch gestarrt hatte, warf sie den Kopf in den Nacken und betrachtete sich in dem vernebelten Spiegel.

„Zeit, dein Spielgesicht aufzusetzen." Sie atmete zweimal tief durch, lockerte ihre Schultern und machte sich bereit, dem Mann gegenüberzutreten, den das Schicksal für sie bestimmt hatte. Sie musste wissen, wo sie bei ihm stand und ob er überhaupt Interesse an einer Paarung hatte. Bei manchen Männern war das nicht der Fall. Es war zwar selten, dass man vollständig abgewiesen wurde, aber die Möglichkeit bestand. Sie würde ihn einfach fragen müssen... unverblümt und direkt. Und das würde sie. Sobald sie der Gedanke, dass er sie ablehnen könnte, wieder einen normalen Atemzug machen ließ.

Bereit, dem dampfenden Badezimmer zu entkommen, aber immer noch voller Angst vor einem Gespräch mit ihrem Gefährten, öffnete Sariel die Tür und folgte Angelitas Geruch in das Schlafzimmer auf der rechten Seite. Sie fand die rote Wölfin auf einem der zwei großen Betten, zusammengerollt zu einem pelzigen Ball. Das Mädchen schlief tief und fest, ohne Anzeichen von Tränen auf dem Fell ihrer Schnauze. Endlich. Sariel wünschte sich, sie könnte sich zu ihr auf das flauschige Bett gesellen, sich unter echte Decken kuscheln und sich an ein echtes Kissen schmiegen, aber zuerst musste sie diese Sache regeln. Bevor sie die Nerven verlor.

Sariel schloss die Augen und schickte einen Wunsch zum Universum hinauf, bevor sie den Flur in Richtung Wohnzimmer hinunterging. Jeder Schritt schien weniger Zeit in Anspruch zu nehmen als der letzte, während ihr das Blut in den Ohren rauschte. Sie wollte, dass der Flur niemals endete, doch er schien sich direkt vor ihren Augen in Luft aufzulösen.

Sie bog um die Ecke und sah den Mann, der ihre Gedanken beherrschte, seit sie ihn zum ersten Mal gesehen hatte, am Kamin sitzen. Sein großer Körper war in einem Stuhl nach vorne gelehnt, während er die Tür anstarrte, durch die sie gerade eingetreten war. Als hätte er auf sie gewartet, als hätte er gewusst, dass sie zu ihm kommen würde. Seine Augen waren dunkel und seine Miene hart, und sie zögerte instinktiv. Er war kein Mann, mit dem man sich an einem guten Tag anlegen sollte, und seinem Gesichtsausdruck nach zu urteilen war dies kein guter Tag.

Sein Blick fiel auf den Saum des T-Shirts, das sie trug. Sein T-Shirt. Ihre Finger folgten seinem

Blick, fummelten an den Rändern des Stoffes herum. Plötzlich fühlte sie sich, als wäre es ein Fehler, nichts unter dem Hemd zu tragen. Ohne Unterwäsche oder Hose fühlte sie sich verletzlich und ungeschützt. Gefährdet. Und doch ließ etwas in seinem Gesichtsausdruck ihren ganzen Körper kribbeln, ließ die Erregung, die seine Nähe auslöste, hell und stark in ihr aufflackern.

Ihr Herz raste, ihr Atem wurde schneller und ihre Haut erhitzte sich, während sie ihm gegenüberstand und abwartete, welche Richtung diese Sache einschlagen würde. Angenommen oder abgelehnt, verpaart oder zurückgewiesen. Beansprucht oder verscheucht. Und sie fürchtete sich, zumindest ein bisschen. Seine bedrohliche Körpersprache erregte sie und machte ihr gleichzeitig Angst, neckte und quälte sie auf eine grausame und doch schöne Art. So etwas hatte sie noch nie erlebt.

Ihre Finger strichen über den weichen Stoff, während sie sich wünschte, das Hemd wäre kürzer und länger zugleich. Er verfolgte die Bewegung wie ein Jäger, der seine Beute beäugt.

Wie ein ausgehungerter Mann, dem man ein saftiges Steak unter die Nase hält. Sie fragte sich, wie es wohl wäre, sein Steak zu sein.

Seine Augen glitten an ihrem Körper entlang, über ihre Brüste und ihren Hals, sein Kopf neigte sich ein wenig zur Seite, als er sie beobachtete. Sie erforschte. Jede Kurve ihres Körpers kennenlernte.

„Du hast Sommersprossen“, flüsterte er, seine Stimme rau, aber weich.

„Oh ...“ Sariel erstarrte, ihre Pläne, ein Gespräch von ihm zu verlangen, vernichtet von der einfachen Tatsache, dass er mit ihr gesprochen *hatte*, besonders über die Sommersprossen, die fast ihren ganzen Körper bedeckten. „Ich ... ja. Schon immer.“

Einen Moment lang schwieg er, seine Augen fielen auf ihre Hüften, als sie zwei kleine Schritte näherkam. Gott, sie konnte praktisch fühlen, wie er sie mit diesem raubtierhaften Blick anfasste. So dunkel... so intensiv. Geballte körperliche Kraft in nichts als einem Blick.

„Ich bin Bez." Er fuhr mit den Zähnen über seine Unterlippe, seine Eckzähne waren lang und scharf. Tödliche Waffen gegen weiches rosa Fleisch. Gefährlich und sexy zugleich. Genau wie auch alles andere an ihm.

Zitternd machte Sariel einen weiteren Schritt. „Bez?"

Mit einem einzigen Blick ließ er sie wie versteinert stehenbleiben, seine Augen wurden von wirbelndem Eis zu Silber, während er seine Zähne aufeinanderbiss. „Das ist eine Abkürzung... für Beelzebub. Der Name, den mir mein Rudel gegeben hat."

Sariel nickte, während sie näherkam, ihre Schritte leicht und langsam. „Aber alle nennen dich Bez."

„Meistens."

Sie blieb stehen, als ihre Knie die seinen berührten. Ihr ganzer Körper begann zu glühen. „Darf ich dich Bez nennen?"

Er neigte seinen Kopf zurück und öffnete seine Beine, während er sie beobachtete. Sie untersuchte. Ihren Anblick in sich aufsaugte. „Wenn du das möchtest."

Sie schob sich zwischen seine Beine und fühlte sich mit jedem Wort, das er sagte, sicherer. Mit jedem längeren Blick. Seine Finger glitten über ihren Oberschenkel, seine Haut war warm und rau, als sie ihre berührte wie ein Flüstern. Schaudernd rückte sie näher. Sein Blick legte sich auf ihre Hüfte, ein finsterer Gesichtsausdruck zog an ihren Mundwinkeln. Er streckte die Hand aus und tastete mit einem Finger nach dem Rand des Lochs an ihrer Hüfte, die Stirn gerunzelt.

„Ich..." sagte Bez und schüttelte den Kopf. „Ich wünschte, ich hätte etwas Besseres."

Sariel lächelte, legte ihre Hand auf seine und hielt seinen Finger still. Dann legte sie seine Hand flach auf ihre Hüfte. „Ist schon gut. Ich brauche nicht viel."

„Was du brauchst und was du verdienst, sind zwei verschiedene Dinge, Sommersprosse."

Sie mochte diese Aussage, mochte die Art, wie die Wärme in seiner Stimme sie einhüllte. Das gefiel ihr sehr. Langsam ließ sie ihr Gewicht auf seinen Oberschenkel sinken, verlangte nach mehr Kontakt, reizte die Bestie. Und er war eine Bestie; ein starker, wilder Wolfsgestaltwandler, voll und ganz im Einklang mit seinem inneren Tier. Mehr Soldat als Mensch, mehr Wolf als alles andere, war er ein fest aufgewickeltes Bündel aus Instinkt und Aggression.

Sie wollte ihn entwirren.

„Ich mag es, wie sich Bez auf meinen Lippen anfühlt", flüsterte sie. Er blinzelte, zeigte aber ansonsten keine Reaktion. Er versuchte auch nicht, sie näher an sich zu ziehen oder sie irgendwie zu berühren. Obwohl er keine Anstalten machte, sich zu bewegen, stieß er sie auch nicht von sich. Es war eine Art Herausforderung, zu der sie mehr als bereit war. „Mein Name ist Sariel."

Bez nickte einmal, ohne seinen Blick von ihr abzuwenden. „Wir wussten nichts von dir."

Sie seufzte, ein Schmerz in ihrem Herzen erinnerte sie an das Zuhause, aus dem man sie entführt hatte. „Mein Rudel ist klein und festgefahren in seinen Gewohnheiten. Wir waren nicht Teil der NVLB, und selbst, wenn wir es gewesen wäre, bezweifle ich, dass sie etwas gemeldet hätten."

Sariel wurde still und biss sich auf die Lippe, während sie auf seinem Bein hockte. Sie begann sich in der Position ziemlich albern zu fühlen, aber seine Anwesenheit brachte ihr Frieden. Seine Berührung besänftigte ihren Wolf auf eine Weise, die sie dringend brauchte, nachdem sie so lange in dieser Hölle von einem Hausboot eingesperrt gewesen war. Dennoch holte sie tief Luft, als es offensichtlich wurde, dass Bez von sich aus nicht sprechen würde.

„Können wir... reden?", flüsterte sie, ihre Stimme war leise, fast schwach.

Bez grunzte und sah weg, sein Kiefer verkrampfte sich und die Muskeln in seinem Nacken wurden steif. Sariels Herz sank. Das schien sicherlich ihre Frage zu beantworten, wie er zu ihrer Verpaarung stand. Sie bewegte sich, um aufzustehen, aber Bez' Hand legte sich um ihre Hüfte und hielt sie fest.

„Nicht", sagte er. „Hör nicht auf... mich zu berühren."

Sariel sah ihm in die Augen. Das kalte Blau verriet nichts. „Du willst, dass ich dich berühre?"

Bez hielt inne, dann nickte er. „Ich... ich tue solche Dinge normalerweise einfach nicht."

„Was für Dinge? Berühren?" Sariel schenkte ihm ein sanftes Lächeln, als er nickte. „Du kannst, du weißt schon. Mich berühren. Es macht mir nichts aus."

Er knurrte und wandte sich wieder ab, doch dann streiften seine Fingerspitzen ihren Oberschenkel. Eine winzige Berührung mit seiner Haut, die mehr bedeutete, als eine volle Umarmung es getan hätte. Sariel wartete, kaum atmend, während sie beobachtete, wie seine Hand an ihrem Bein entlangwanderte, die Finger zuckten auf ihrem Weg.

„Ich weiß nicht, wie man das macht“, flüsterte er und schaute auf seine Finger.

„Doch, das tust du.“ Sariel hob ihre Hand zu seiner Brust und legte die Handfläche auf sein pochendes Herz. „Ich glaube, du weißt genau, wie man berührt.“

„Nicht das.“ Er blickte zu ihr auf, sein Ausdruck stach ihr praktisch mitten ins Herz. „Das andere.“

Sariel wartete auf mehr, aber es kam nichts. Dennoch spürte sie sein Bedürfnis nach ihrer Berührung, fühlte, wie sehr er ihre Nähe wollte. Da war ein tiefes Verlangen in ihm nach körperlichem Kontakt, obwohl er zu verängstigt oder verkümmert schien, um es auszudrücken. Aber sie sah es. Sie wusste es. Sie verstand ihn auf eine Weise, die sie selbst überraschte.

„Meinst du die Paarung?“, fragte sie. „Denn ich weiß auch nicht, wie das geht, obwohl ich der Idee nicht abgeneigt bin.“

Bez‘ Augen wurden groß. Sariel fragte sich, ob es das erste Mal war, dass jemand ihn so überrumpelt hatte.

Sie beugte sich noch einmal nach vorne und fragte mit sanfter Stimme: „Willst du dich paaren?“

Bez nickte, ganz langsam und absichtlich. Sariel biss sich auf die Lippe und nahm einen tiefen Atemzug, seine Berührung machte ihr Mut.

„Willst du dich mit mir paaren?“

Er knurrte, leise und tief. Ein dunkler Klang, der in ihr den Drang weckte, sich die Lippen zu lecken und näher an sein Bein zu rücken. Sexy... er war einfach so verdammt sexy.

„Sommersprosse.“ Bez schob ihr das Haar über die Schulter, seine Finger waren sanft und langsam. „Ich war lange Zeit allein. Ich weiß nicht, wie das mit dem Reden geht.“

„Es funktioniert doch ganz gut.“

Er schüttelte den Kopf und wandte seinen Blick ab, aber seine Hand wanderte an ihrer Taille hinauf, um ihre Hüfte zu umfassen und sie näher zu sich zu ziehen. Schwer atmend beugte sich Sariel vor und senkte ihren Kopf, bis sie seine Nase mit ihrer berührte.

„Vielleicht brauchen wir gar nicht zu reden." Sie starrte auf seinen Mund, wollte ihn küssen, wollte seine Lippen auf ihren spüren. Seine Augen blieben offen und beobachteten sie. Sein Körper war angespannt und hart. Sariel beugte sich näher zu ihm, drückte ihre Brüste gegen seinen Oberkörper und atmete seinen Atem ein, als er sprach. „Vielleicht können wir einfach... fühlen."

Bez' Knurren wurde rauer und tiefer, sie spürte die Vibration auf ihrer Haut, warnend und verlockend zugleich.

„Meine Art", sagte er, seine Stimme kaum mehr als ein Flüstern. „Wir sind nicht... sanft."

Diese Warnung war so tief und lasziv. Sie brachte ihr Blut förmlich zum Kochen. Sie sehnte sich nach ihm - nach seiner Berührung, seinem

Geschmack, seinem Geruch. Sie wollte ihn. Zum Teufel, sie brannte für ihn.

„Ich brauche keine Sanftheit.“ Sariel nickte zustimmend und ließ ihre Nase in einer langen, sinnlichen Bewegung an seiner entlanglaufen. Er hob eine Hand zu ihrem Gesicht, legte sie an ihre Wange und fuhr mit dem Daumen über ihre Unterlippe. Weich... unglaublich weich.

„Schön“, flüsterte er, als seine Lippen auf ihre trafen. Sariel schloss die Augen und gab sich diesem ersten Kuss hin, versank darin, um ihn wirklich zu spüren. Die Art und Weise, wie er seine Lippen auf ihre presste, wie sich seine Finger fast unbewusst um ihre Hüfte legten, die federleichte Berührung seiner Knöchel, als er seine Hand von ihrem Gesicht sinken ließ, um sie in ihren Nacken zu legen. Die Art, wie er sie hielt. Sie in Besitz nahm. Mit nur einem einzigen Kuss.

Sie stöhnte und öffnete ihren Mund, wollte ihn unbedingt schmecken. Wollte in spüren, an sich und in sich. Bez antwortete auf ihre Einladung, schob seine Zunge in ihren Mund und stöhnte zufrieden. Sariel lebte in diesem Kuss, genoss es, wie seine Zunge die ihre dominierte. Sie gab, ohne zu nehmen, bis er sich zurückzog. Und dann biss sie auf seine Unterlippe... hart.

Mit einem Knurren zog Bez sie näher zu sich heran und spreizte ihre Beine. Sariel schob ihre Hüften nach vorne, während sie rittlings auf seinem Schoß saß, und wünschte sich nichts sehnlicher, als dass der Stoff zwischen ihnen auf magische Weise verschwinden könnte. Sie wollte seine Haut auf ihrer, wollte jeden Zentimeter von ihm spüren.

Sie rieb ihre Hüften an seiner harten Länge, küsste und knabberte an seinen Lippen. Er tat das Gleiche, seine Berührung war fordernd. Sein Kuss fast schmerzhaft. Sein Knurren wurde tiefer, der Klang vibrierte durch seinen Körper und drang in ihren. Sie mochte es, mochte die Art, wie seine rauen Hände und starken Lippen ihr das Gefühl gaben, sicher, umsorgt und beschützt zu sein. Begehrt.

Er packte ihre Hüften fester und drückte sie auf seinen Schoß. Er war so hart. So dick und heiß, sogar durch die Shorts, die er trug. Sariel schlang ihre Arme um seinen Nacken und rollte ihre Hüften über seine Länge, aber ein Brüllen von draußen ließ sie plötzlich erstarren. Keuchend zuckte sie zusammen und klammerte sich an Bez, während das Herz ihr fast aus der Brust sprang. Bez sprang auf, legte einen Arm um ihre Taille, zog sie mit sich und hob sie mit Leichtigkeit hoch. Knurrend wandte er sich dem Geräusch zu, drehte seinen Körper, um sich schützend vor Sariel zu stellen, sein Knurren war heftig und bösartig.

„Es ist ein Alligator", sagte sie und streichelte seinen muskulösen Arm, während ihr Herz in ihrer Brust hämmerte. „Das Geräusch hat mich erschreckt, aber es ist nichts weiter. Solche Geräusche machen sie die ganze Zeit."

Bez' Hand auf Sariels Hüfte bewegte sich nach unten, sein Griff wurde schwächer. „Sie machen dir Angst."

Sariel hielt sich an seinem Hemd fest und lehnte ihre Stirn an seinen Rücken. Seine Worte waren keine Frage, sondern eine Feststellung. Eine Beobachtung. Eine Wahrheit.

„Ja."

„Sie werden dir nicht wehtun." Bez ließ seine Hand von ihrer Hüfte sinken und drehte sich um, seine Augen glühten fast in dem schwachen Licht. „Ich werde es nicht zulassen."

Sariels Herz stockte, ihr Gesicht wurde heiß unter seinem starren Blick. Gott, der Mann machte sie verrückt... auf gute und schlechte Weise zugleich.

„Ich weiß."

Bez fuhr sich mit der Hand über das Gesicht und seufzte, seine Schultern waren steif. „Du solltest dich etwas ausruhen."

Sariel nickte. „Ja... okay."

Sie drehte sich um, aber Bez packte sie beim Ellbogen und hielt sie zurück. Er zog sie wieder an sich, schlang einen Arm um ihre Hüften und hielt sie fest.

„Ich muss nach ihnen lauschen“, flüsterte er, bevor er sich herunterbeugte, um ihr einen Kuss auf die Stirn zu geben. „Ich kann mich nicht konzentrieren, wenn du so nah bist, und ich kann nicht zulassen, dass sie mich überraschen.“

Sariel nickte, schmiegte sich in die Wärme seines Körpers und seufzte, als sein Arm sich straffte und sie noch enger an sich zog. „Glaubst du, sie kommen heute Nacht?“

„Ich weiß es sogar. Die Frage ist nur, wann.“

„Und es kommen Leute, die uns helfen werden?“

„Ja. Aber sie sind noch weit weg.“

„Also warten wir ab, wer zuerst da ist.“

Bez sah zu ihr hinunter, sein Gesicht ernst, seine Augen quecksilberfarben und hell. „Ich werde nicht zulassen, dass sie dich anfassen. Keine von euch beiden.“

Sariel fuhr mit der Hand an seinem Kiefer entlang und lächelte. „Ich weiß."

Er beugte sich hinunter und rieb seine Nase an ihrer, bevor er seine Lippen über ihre Wange und ihren Kiefer zu ihrem Hals führte. Er atmete sie ein. Genoss ihren Geruch.

„Du hast mich überrumpelt", flüsterte er, sein Atem kitzelte ihren Hals. „Ich bin kein Mann, dem das oft passiert." Er gab ihr einen einzelnen, kleinen Kuss auf den Hals und ließ sie dann los. „Du solltest mit Angelita zurückgehen und dich ausruhen, solange du kannst."

Sariel seufzte und löste sich widerwillig aus seinen Armen. Sie hasste es, von ihm wegzugehen, aber sie war müde von einer langen Nacht voller Laufen, Flucht, Sorgen und der Begegnung mit ihrem Gefährten. Selbst ein kleines Nickerchen wäre hilfreich. Außerdem war Gefahr im Anmarsch und sie würde besonders wach und aufmerksam sein müssen, wenn sie kam. Vor allem, wenn sie Bez eine Hilfe sein wollte.

Als Sariel den Flur erreichte, hielt sie inne, drehte sich um und beobachtete, wie Bez sich wieder in seinem Stuhl niederließ. „Was ist mit dir?"

Bez legte den Kopf schief. „Was soll mit mir sein?"

„Musst du dich nicht ausruhen?"

„Nein, mir geht's gut. Es wäre mir lieber, wenn du etwas Schlaf bekommst."

Sariel nickte und ging den Flur hinunter, bevor sie über ihre Schulter rief: „Du bist besser in diesem Paarungszeug, als du denkst, Bez."

Er lächelte. Zum ersten Mal sah sie, wie sich seine Mundwinkel hoben, und es wärmte ihr Herz bis in sein Innerstes. „Gut zu wissen, Sommersprosse."

14

Weiche Hüften und Schenkel reizten Bez, als er beobachtete, wie seine Gefährtin im Flur verschwand. Allein der Gedanke an diese dunklen Augen, die zu ihm aufblickten, diese sinnlichen Lippen, die von seinem Kuss geschwollen und feucht waren, machte ihn fast wahnsinnig vor Lust, was ihn überraschte. Und die Sommersprossen... gottverdammt. Sie waren wie eine Art urzeitliches Paarungsmuster, das direkt in ihre Haut gemustert war. Sie riefen nach ihm, ließen seine Finger danach jucken, sie zu berühren, rührten etwas Schmutziges tief in ihm auf. Ihm war nicht bewusst gewesen, dass Sommersprossen so sexy sein konnten.

Seine Gefährtin rief Gefühle in ihm hervor, die er noch nie erlebt hatte, von denen er nicht einmal wusste, dass er zu ihnen fähig war. Seit Jahrhunderten lebte er mit seinem Rudel von Schattenwölfen, jagte große und kleine Tiere und reiste an alle Orte, die seine Missionen ihm vorgaben. Zur Verteidigung der Omegas, der verlorenen Leitwolf-Weibchen, war er ein Söldner geworden, der sich an denjenigen hielt, der die meiste Macht hatte und es ihm und seinem Rudel so ermöglichte, die Wölfinnen zu schützen. Nie hatte er seinen Rang durchbrochen, Befehle missachtet oder bei einer Mission versagt. Zur Hölle, er hatte noch nie eine Herausforderung abgelehnt, egal wie gefährlich es war. Er hatte gegen Werwölfe gekämpft, war fast an einem Vampirangriff gestorben und hatte mehr Gestaltwandler getötet, als er zählen konnte... alles im Namen der Mission.

Aber plötzlich, nach nur einem einzigen Blick von Sariel, wusste er nicht mehr, was er als nächstes tun sollte. Indem er Dante nichts über ihre Verbindung erzählte, wurde er technisch gesehen abtrünnig. Und obwohl sein Rudel sein Zögern wahrscheinlich verstehen würde, fragte er sich, ob man sein Handeln als Schwäche auslegen würde.

Zum ersten Mal in seinem Leben verspürte er das Bedürfnis, seine Verantwortung als Schattenwolf zurückzustellen. Er war sich nicht sicher, ob er nach dieser Mission weiterhin mit seinem Rudel Verbrecher jagen oder eine Pause einlegen wollte. Um etwas Zeit damit zu verbringen, seine Gefährtin kennen zu lernen. Vielleicht würde er sie mit nach Hause nehmen und ihr zeigen, wie sehr er sich auf diesen Tag vorbereitet hatte. Denn er hatte sich vorbereitet, wenn auch nicht mit Absicht. Er hatte ein Nest vorbereitet, das auf sie wartete. Er hatte Schmuckstücke und Schätze aus der ganzen Welt zusammengetragen. Dinge, die er gehortet hatte, ohne genau zu wissen, warum. Sein Anwesen befand sich an einem perfekten Ort, um sie in Sicherheit zu wissen, sie zu beschützen.

Und er würde sie beschützen. Um jeden Preis.

Die plötzliche Stille draußen erregte seine Aufmerksamkeit, die seltsame Unterbrechung der Hintergrundgeräusche schlug in Bez‘ Gedanken ein und riss ihn aus den Träumen von seiner neuen Gefährtin. Er strengte seine Sinne an und ließ zu, dass sein Wolf sich in den Vordergrund drängte. Seine Ohren stellten sich auf und spitzten sich, sein Maul verlängerte sich - halb Mensch, halb Wolf, gab er sich dem Hören und Schnuppern hin. Meilenweit draußen flüsterte das Geräusch von Pfoten, die auf Erde trafen, durch die Nacht. Ein Rudel war im Anmarsch... und es kam näher. Ein kurzer Blick auf die Uhr ließ Bez in seine menschliche Gestalt zurückfallen und leise fluchen, als er auf die Beine kam. Auf keinen Fall konnte sein Team schon hier sein, ganz zu schweigen davon, dass seine Leute niemals genug Lärm gemacht hätten, um von so weit weg gehört werden zu können. Nein, diese schweren Pfotenschläge mussten die Entführer sein, die kamen, um sich die Omegas zurückzuholen. Um Bez seine Gefährtin wegzunehmen. Bei dem bloßen Gedanken daran setzte er sich in Bewegung und unterdrückte ein warnendes Brüllen. Diese Wichser würden nicht in die Nähe seiner Sariel kommen. Seine Mission war es, die Omega zu retten, und obwohl er wusste, dass Blaze Angelita gemeint hatte, war seine Gefährtin genauso eine Omega. Er würde alles tun, was nötig war, um sie beide in Sicherheit zu bringen.

Noch nie war eine Mission so persönlich gewesen, noch nie war es so wichtig gewesen, dass er keinen Fehler machte.

Mit einer einzigen Handbewegung zog er sein Handy aus der Tasche und wählte Levis Nummer. Als sein Bruder antwortete, verriet ihm die Musik im Hintergrund, dass er bereits im Auto saß.

„Status."

Bez warf einen Blick aus dem Fenster, bevor er das Schloss überprüfte. „Situation FUBAR. Beweg deinen Arsch hierher."

„Verstanden. Derzeit etwas weniger als drei Stunden entfernt."

Knurrend ging Bez von Fenster zu Fenster, um sich zu vergewissern, dass das Haus bereit war. „Das reicht nicht. Ich habe weniger als eine Stunde."

„Scheiße", zischte Levi. Das Motorengeräusch im Hintergrund wurde lauter. „Du bist zu weit weg, so bald schaffen wir es nicht, Mann."

„Ich weiß." Bez holte tief Luft, als er die letzte Tür überprüfte. Grauen lag schwer und flau in seinem Magen. „Beeil dich einfach."

„Mach ich. Die Kavallerie wird kommen."

Bez legte ohne ein weiteres Wort auf, weil er wusste, dass es nichts mehr zu sagen gab. Die Kavallerie würde irgendwann eintreffen, aber nicht annähernd früh genug. Er war bei diesem Angriff auf sich allein gestellt.

Er eilte zum hinteren Teil des Hauses und achtete auf die gleichmäßigen Herzschläge der Frauen. Sie schliefen getrennt, jeweils eine in jedem Schlafzimmer im hinteren Teil des Hauses, was für ihn von Vorteil war. Der Zugang zum

Tresorraum auf dem Dachboden befand sich im Flur direkt vor ihren Türen. Er hatte gut vierzig Minuten Zeit, bevor die Gestaltwandler das Grundstück erreichten, wenn ihre Route und ihr Tempo gleich blieben, aber er wollte kein Risiko eingehen. Je schneller er beide Frauen in Sicherheit brachte, desto besser.

Bez schlich sich in das Schlafzimmer, in dem Sariel schlief, seine Aufmerksamkeit geteilt zwischen seiner Gefährtin und den Männern, die draußen näherkamen. Die Frau lag zusammengerollt auf einer Seite des großen Bettes, eingemummt in flauschige weiße Decken. Ruhig, entspannt und still. Und bei den Göttern, war das ein willkommener Anblick. Seine Gefährtin hätte genauso gut in das andere Zimmer gehen können, in dem Angelita schlief. Dort befanden sich zwei Betten. Aber nein, sie hatte das größere Zimmer gewählt - das mit dem großen Einzelbett. Ein Bett, das für ein Paar gemacht war.

Ein Bett, das für Sex gemacht war.

Konzentrieren. Er musste sich verdammt noch mal konzentrieren. Das Rudel hatte seine Geschwindigkeit nicht verändert; es war immer noch weit genug entfernt, dass er die Frauen in den Schutzraum bringen und einen Plan ausarbeiten konnte, solange er aufhörte, mit seinem Schwanz zu denken.

Bez eilte zu Sariels Bett. Er musste sie wecken, aber sie durfte keine Angst bekommen. Dies war nicht die Zeit, sie zu erschrecken, wie er es auf dem Hausboot getan hatte. Er beugte sich tief über den Körper seiner Gefährtin, kaum Zentimeter entfernt, und stützte ein Knie auf die Bettkante. Dann zog er die Decken von ihrem Körper und wimmerte bei dem Anblick ihres fast nackten Körpers. Verdammt, sie roch gut, so süß und sexy und nach ihm. Sie trug immer noch sein T-Shirt, das hochgezogen war, um die köstlichen Kurven ihres Hinterns zu enthüllen, und schlief auf der Seite. Bez wollte ihr mit dem Finger über die Wange streichen oder sie mit sanften Küssen auf den Hals wecken, aber die Bedrohung im

Wald war groß, und die Zeit war nicht auf seiner Seite.

Im Stillen entschuldigte er sich für sein Verhalten, lehnte sich dicht an Sariel und presste seine Hand auf ihren Mund. Er rechnete damit, sie zu erschrecken. Dass sie aufspringen, schreien und sich gegen ihren unbekannten Angreifer wehren würde. Stattdessen knurrte sie leise und schnurrte, dann griff sie nach seinen Armen und zog ihn zu sich herunter. Bez stolperte, teils wegen seiner unausgeglichenen Haltung, teils, weil er sich gern von seiner Gefährtin zurück ins Bett ziehen ließ. Natürlich ließ er sich fallen.

Ohne die Augen zu öffnen, schlang Sariel ihre Beine um Bez' Hüften und verschmolz mit ihm. Bez versuchte, sich zu wehren, zurückzuweichen, aber sie war so warm, so weich, und so ganz und gar sein. Er schmiegte sein Gesicht in ihren Nacken, atmete sie ein und konnte sein Knurren nicht unterdrücken. Ihre Wärme war eine köstliche Verlockung, ihr Körper weich unter seinem. Geschmeidig. Willig und begehrend zur gleichen Zeit. Und er wollte es auch. Verdammt, er wollte es so sehr.

Er presste seine Hüften gegen ihre, glitt in die Wiege ihrer Schenkel. Verzweifelt wollte er ihr näherkommen. Er hielt sich jedoch zurück, wollte sie nicht zu weit treiben. Er glaubte nicht einmal, dass sie schon ganz aufgewacht war; er konnte sie jetzt nicht einfach benutzen. Aber dann öffneten sich ihre Augen, schwer und schläfrig, aber offen. Und sie schenkte ihm das strahlendste, erotischste Lächeln, das er je gesehen hatte.

Ach, Scheiße.

Sariel schob ihre Hände um seinen Hals und hielt ihn fest, während sie seufzte und ihre Hüften hin und her bewegte. Bez versuchte, sich zu wehren, sich selbst davon abzuhalten, seine Konzentration zu verlieren und sich dem Paarungsdunst hinzugeben, aber Sariel war eine Kriegerin gegen seine Kontrolle. Sie zog ihn auf sich herunter. Sie krümmte und streckte sich, bis sie mit nichts als ihren Füßen seine Shorts nach unten und von seinen Beinen gezogen hatte. Talentierte kleine Gefährtin. Als sie ihn von dem Stoff befreit hatte, der ihr offensichtlich im Weg war, schlang sie ihre Beine wieder um seine Taille. Hob und senkte ihre Hüften, ließ sie kreisen, bis sie in der perfekten Position waren. Es machte ihn wahnsinnig vor Verlangen. Sie arbeitete hart, seine kleine Gefährtin, und selbst gegen sein bestes Urteilsvermögen gab er sich ihr hin.

Ohne ein einziges Wort presste er sich in die geschwollene Hitze ihrer Muschi und schlang seine Arme um sie. Er zog sie fest an sich und drückte sie gegen seinen Körper. Sie knurrte und rollte ihre Hüften gegen ihn, bis er tief in ihr war, bis sie stöhnte und bei jedem einzelnen Stoß am ganzen Körper zitterte. Haut an Haut bewegten sie sich miteinander, kein Raum zwischen ihnen, leises Knurren und Stöhnen und Keuchen war das einzige, was die Stille um sie herum brach. Die Geräusche erregten ihn so sehr, ließen seinen Körper auf einen Höhepunkt zusteuern, den er verzweifelt hinauszögern wollte. Und wenn auch nur ein paar Minuten.

Bez schloss die Augen und verlor jegliches Gefühl für Zeit und Raum, während Sariel ihn in sich aufnahm, ihre Hüften mit seinen kreisen ließ und seinen Schwanz in ihrem Inneren massierte. So heiß, so weich. Und so absolut nackt unter diesem T-Shirt. Er wollte es ihr vom Körper reißen, jeden Zentimeter von ihr enthüllen. Der Stoff war ihr bis zur Brust hinaufgerutscht, die unteren Rundungen ihrer Brüste reizten ihn, wann immer er sich aus ihr zog und nach unten blickte. Er wollte wieder ihre dunklen Brustwarzen sehen, das tiefe Verlangen stillen, sie zu berühren und zu schmecken und zu beißen, das in ihm brannte, seit er sie im Sumpf zum ersten Mal gesehen hatte. Aber diese verlockenden Knospen waren immer noch versteckt, immer noch verborgen unter seinem grauen T-Shirt, und so schwer es auch war, dem Versuch zu widerstehen, es ihr vom Leib zu reißen, war das Warten darauf, dass sich das Hemd von selbst hob, die beste Vorfreude, die er je erlebt hatte.

„Bez“, flüsterte Sariel, krümmte sich stärker und klammerte sich an seinen Nacken. Bez verstand das als Zeichen, dass sie fast soweit war, ließ sich mit seinem ganzen Gewicht auf sie fallen und stieß noch härter zu. Er tauchte tief ein und blieb in ihr, während er seine Hüften an ihren rieb. Er drückte sich gegen ihre süße Muschi, ganz wild darauf, ihrer Klitoris ein wenig mehr Aufmerksamkeit zu schenken.

Ihre Lippen fanden die weiche Kuhle, wo sein Hals auf seine Schulter traf, und küssten sie; kurz darauf folgte ein sanfter Biss. Das Gefühl ihrer Zähne auf seiner Haut ließ Bez erschaudern, und er unterdrückte ein besitzergreifendes Knurren. Verdammt, sie waren nicht allein, ganz zu schweigen von dem feindlichen Rudel, das allzu bald hier sein würde, aber er konnte nicht aufhören. Der Instinkt, sich mit ihr zu paaren und sie zu markieren und zu beanspruchen, war zu stark, um ihm zu widerstehen. Er musste sich zurückziehen, aufhören, sie zu ficken und seinen Schwanz wieder unter Kontrolle bringen, aber guter Gott, es fühlte sich einfach so unglaublich an. So richtig. Ihre Hüften wippten miteinander, und er drückte sich mit aller Kraft in sie, um genau die Stellen zu treffen, die sie zum Stöhnen bringen würden, dann biss er sich auf die Lippe und zählte rückwärts. Noch dreißig Sekunden. So lange konnte er ihr noch geben, und dann musste er seinen Paarungsdrang ignorieren, sich von ihr losreißen und sie auf den Dachboden bringen. Innerhalb dieser dreißig Sekunden musste er dafür sorgen, dass sie zum Höhepunkt kam.

Bez ließ seine Hand zwischen ihre Beine gleiten und strich mit seinem Knöchel über das weiche Fleisch ihrer Muschi. Feucht und heiß und so ganz und gar seins. Sie seufzte und zitterte wieder, spreizte ihre Beine für ihn. Drängte ihn. Er wollte sich Zeit lassen, mehr erforschen, aber das würde bis zum nächsten Mal warten müssen. Er würde dafür sorgen, dass dies nur das erste Mal von tausenden sein würde, die sie miteinander erlebten.

Mit seinem Finger massierte er ihre Klitoris, drückte bei jedem Stoß fester, während sie sich ihm stöhnend entgegenstreckte. Hände, die sich an ihn klammerten, Brüste, die sich fest gegen seine Brust pressten, sein Name auf ihren

Lippen... Sie war nah dran. Außerdem war sie so verdammt sexy. Und sein. Ganz und gar sein.

„Mein." Sein Knurren überraschte ihn selbst, aber es hatte die gewünschte Wirkung auf Sariel. Sie biss sich auf die Lippe, um einen Schrei zu unterdrücken, wölbte ihren Rücken und ließ ihn schließlich los. Ihre Muschi zog sich um ihn zusammen, so hart und stark, dass er jeden Pulsschlag spürte. Der Druck gab ihm mit einem Ruck den Rest und er kam ebenfalls vereinte sich mit ihr in unendlicher Lust. Immer noch stoßend, immer noch die kleine Klitoris reibend, versuchte er immer noch, ihr so viel zu geben wie er konnte.

Als sie sich schließlich entspannte und in die Plüschkissen sank, öffnete sie wieder ihre schönen Augen und lächelte.

„Damit habe ich nicht gerechnet."

Bez seufzte und glitt aus ihr heraus, während er sich hinunter beugte, um ihre Nasenspitze zu küssen. „Ich auch nicht. Du bist ziemlich anspruchsvoll im Schlaf."

Sie kicherte leise und streichelte sanft seinen Rücken. Er wollte sich neben ihr auf die Matratze fallen lassen, sich eng an sie kuscheln und seinen Körper schützend um ihren schlingen. Aber er konnte nicht. Die Gefahr war im Anmarsch.

„Wir haben uns nicht geküsst“, flüsterte sie. Worte, die Bez kurz aufschrecken ließen.

„Was?“

„Nun, wir hatten... Sex. Aber wir haben uns nicht geküsst.“

Bez blinzelte, seine Stirn zog sich in Falten. Wie sollte er ihr in den wenigen Sekunden, die er hatte, sein Leben erklären?

„Ich habe noch nie einen Partner beim Sex geküsst.“

Jetzt war es Sariels Stirn, die sich in Falten zog. „Du hast noch nie... was geküsst?“

Er beugte sich herunter und berührte ihre Nase mit seiner, während er flüsterte: „Ich habe noch nie einen anderen Menschen geküsst, Sariel. Der Kuss mit dir heute Abend war mein erster."

„Oh." Auf ihren geflüsterten Ausruf folgte ihre weiche, rosa Zunge, die über ihre Unterlippe fuhr. Nur die Spitze, ein winziges Streichen, aber Bez war wie besessen davon. Er wollte diese Weichheit an seiner eigenen Zunge spüren. Einfach alles an ihr schien weich zu sein. Er mochte das, mochte die Art, wie sie sich anfühlte, wenn er sie berührte.

Sariel neigte ihr Kinn nach oben, öffnete ihre Lippen ein wenig und schloss die Augen. Bez ließ seine offen und beobachtete sie weiter, während er mit jedem Atemzug ein wenig tiefer zu ihr sank. Sein erster Kuss war mit dieser Frau gewesen, aber er hatte ihn nicht geplant. Dieser fühlte sich irgendwie wichtiger an. Wesentlicher, jetzt, wo sie miteinander verpaart waren. Es war so eine lächerliche Sache, sich zu küssen, und doch war er unbeschreiblich nervös.

Sariel war die Mutige von den beiden, schloss den Abstand zwischen ihnen und legte schließlich ihre Lippen auf seine. Er knurrte leise und tief und zitterte, als ihre Zunge über seine Lippe strich. Scheiße, das war so viel heißer, als er je gedacht hatte. Nackt in einem Bett neben einer Frau zu liegen und sie zu küssen. Aber es war mehr als nur irgendeine Frau. Sie war seine Gefährtin, und er wusste, dass nichts mit den Gefühlen vergleichbar war, die sie in ihm auslöste. Eine einfache Berührung der Lippen seiner Gefährtin, und er war wieder hart. Bereit für mehr, nicht imstande, einen klaren Gedanken zu fassen. Völlig versunken im Dunst der Paarung.

Aber dann öffnete sie ihren Mund ein wenig weiter, und ihre Zunge drang in seinen Mund. Verschlang sich mit seiner eigenen. Und verdammt nochmal, in diesem Moment war es um ihn geschehen. Oder zumindest um seine Konzentration. Er zog sie an sich und drehte sie auf die Seite, dann erwiderte er ihren Kuss mit so viel Kraft, wie er es wagte. Sie gab sich ihm hin, und es war, als fickten sie einander mit ihren Zungen. So etwas hatte Bez sich nie vorstellen können. Rein und raus, heiß und feucht. So viel Druck und Verlangen, so viel Lust. So viel besser noch als ihr erster Kuss.

Sariel war gerade ein Stück zurückgewichen, um ihm in die Unterlippe zu beißen, hatte mit dem Gefühl ihrer Zähne auf seiner Haut die köstlichste Vorfreude in ihm geweckt und seinen Schwanz praktisch vor Vorfreude weinen lassen, als Bez hörte, wie die Wölfe durch die Wälder brachen, die das Grundstück säumten. Das Geräusch riss ihn aus dem Drang, seine Gefährtin zu beanspruchen, heraus, der Paarungsdunst verpuffte, und mit einem Mal war Bez wieder voll und ganz in der Mission. Fluchend biss er ihr auf die Lippe und gab ihr einen letzten sanften Kuss. Sie hatten keine Zeit mehr.

Bez setzte sich auf und seufzte, sein Herz brach, als er den enttäuschten Blick in ihren Augen sah. „Du musst gehen."

Sariel keuchte, griff nach dem Laken und zog es an ihre Brust, sie sah untröstlich aus. Scheiße, schon wieder hatte er es versaut. Bei dem erschütterten Ausdruck auf ihrem Gesicht setzte Bez‘ Herz einen Schlag aus, und er griff schnell nach ihr, um sie näher an sich zu ziehen.

„Nein, Sommersprosse.“ Bez schüttelte den Kopf. „Du musst hoch in den Schutzraum. Sie sind hier.“

Es dauerte einen Moment, bis sie die Worte registrierte, aber als sie es tat, war sie blitzschnell aufgestanden. Ihre Füße machten kaum ein Geräusch auf dem Boden, als sie hinüber zu Angelitas Zimmer eilte, um die Wölfin zu wecken. Bez zog sich seine Shorts an und folgte ihr in den Flur, ohne seine Aufmerksamkeit von dem Rudel abzuwenden, das draußen näherkam.

Als die rote Wölfin erwachte, blickte Sariel wieder in seine Richtung, ihre Augen waren weit aufgerissen und mit einer Angst erfüllt, bei deren Anblick seine Seele schmerzte. „Bist du sicher, dass es nicht deine Verstärkung ist?“

Bez beobachtete sie und versuchte, seine Worte ruhig und gleichmäßig zu halten, um keiner der beiden Omegas, die unter seinem Schutz standen, Angst einzujagen. „Nein, noch nicht. Sie werden bald hier sein, aber es ist an der Zeit, euch beide in den Schutzraum zu bringen."

Sariel nickte; offensichtlich wollte sie Bez vermitteln, dass sie verstand. Was gut war, denn so wie die Geräusche draußen immer näherkamen, hatten sie nur noch ein paar Minuten, bis der erste Wolf vor ihrer Tür stehen würde.

Bez hastete mit Sariel und Angelita in den Flur, schob die Zugangsklappe zum Dachboden auf und zog die Leiter herunter.

„Auf geht's." Bez packte Angelita und zog sie an seine Brust, bevor er Sariel einen Blick zuwarf, mit dem er mehr sagen wollte, als es Worte in diesem Augenblick konnten. Worte wie *„Es tut mir leid"*, *„Ich will dich kennenlernen"*, *„Du bist meine Gefährtin"* und *„Ich muss dich in Sicherheit wissen"*. Alles Dinge, für die er keine Zeit hatte, also sagte er mit seinen Augen, was er konnte, während er flüsterte: „Nach dir."

Bez folgte seiner Gefährtin die Leiter hinauf und hielt sich dicht hinter ihr. Nah genug, dass seine Arme bei jeder Bewegung an ihrem Hintern rieben, als er mit Angelita im Arm die Stufen hinaufkletterte. Ihr sehr nackter Hintern fiel ihm immer wieder auf. Er musste etwas zum Anziehen für sie finden, aber es war nicht genug Zeit. Nicht, wenn der Feind so nah war.

Sobald Bez' Füße den Boden des Dachbodens berührten, führte er die Mädchen zur Tür des Tresorraums. Nachdem er den Code eingegeben und den Riegel gelöst hatte, schwang er die schwere Tür auf und setzte Angelita knapp vor der Schwelle ab.

„Es ist Stahl, da kommen sie nicht durch", flüsterte er und hielt seine Stimme absichtlich leise, da die Wölfe draußen bereits so nah waren. Sariel starrte zu ihm auf, ganz atemlos und errötet. Küssbar. Fickbar. Aber nicht jetzt. „Geht rein und schließt die Tür ab. Ich komme wieder, wenn das hier vorbei ist."

„Was ist mit dir?", fragte Sariel, Angst flatterte in ihrem Blick. Sie packte sein Handgelenk, ihre Finger waren weich und heiß auf seiner Haut. Diese Berührung setzte ihn in Brand, ließ ihn vor Verlangen nach ihr knurren. Bez konnte sich nicht zurückhalten. Er hob sie hoch und presste seine Lippen auf ihre, küsste sie mit all der Lust und Begierde, die er für sie empfand. Sie erwiderte seinen Kuss mit der gleichen Inbrunst, wich nicht zurück, besaß ihn genauso sehr, wie er versuchte, sie zu besitzen.

Seine Hände griffen nach ihrem Hintern, packten ihn, zogen sie fest an seinen Körper. Einen herrlichen Moment lang verharrten sie so. Aber der Feind war zu nah, und Bez musste sich wieder auf den Kampf konzentrieren. Nach einem letzten Biss auf die Lippen, der Sariel seufzen ließ, wich er zurück und wusste, dass seine Zeit abgelaufen war, als der erste Schritt auf den Rasen des Vorgartens fiel.

„Ich muss gehen."

Sariel trat in den Schutzraum, das Kinn erhoben, die Augen trocken. Seine tapfere kleine Gefährtin zog eine Show für ihn und Angelita ab. „Sei vorsichtig."

„Bleibt genau hier." Bez schob die Tür zu und stützte seine Hände einen Moment länger als nötig gegen den kühlen Stahl, bevor er flüsterte: „Passt auf euch auf."

Sobald Bez das Klicken des einrastenden Schlosses hörte, pirschte er sich über den Dachboden und glitt die Leiter hinunter. Mit einem einzigen Ruck schob er die Zugangsklappe wieder an ihren Platz, sodass der Eingang fast unsichtbar wurde. Gerne hätte er auch ihre Geruchsspur versteckt, aber dafür war es zu spät. Die Wölfe befanden sich schon auf dem Grundstück, aber es gab immer noch keinen Geruch und auch kein Geräusch von dem Werwolf. Das beunruhigte ihn mehr, als wenn die Bestie auf der Veranda gewesen oder durch die Fenster eingebrochen wäre. Die Abwesenheit des Ungeheuers verriet ihm, dass die Trottel einen Plan und eine Strategie hatten. Zu dumm, dass

Bez auch eine hatte, eine die ihre dezimieren würde. Die Lichter waren aus, das Haus still; Bez lächelte und gab sich seinem inneren Wolf hin.

Es war Zeit, für die Omegas zu kämpfen... Zeit, für die Sicherheit seiner Gefährtin zu töten.

15

„Sei vorsichtig“, sagte Sariel, ihr Herz saß wie ein dicker Knoten in ihrem Hals. Angst legte sich wie ein Schraubstock um ihre Kehle und erstickte ihre Stimme. Sie gab sich noch einen Moment Zeit, um ihren Gefährten zu betrachten - ihren starken, kämpferischen Kriegergefährten -, bevor sie die schwere Tür zuzog. Das Klirren des einrastenden Schlosses war ein unheilvolles Geräusch in dem hohlen Raum. Sie lehnte ihre Stirn gegen die Stahlplatte und schloss die Augen.

„Passt auf euch auf", hörte sie Bez' Stimme von der anderen Seite der Tür, und dann nichts mehr. Stille.

Als Sariel hinter sich ein Winseln hörte, öffnete sie die Augen und kämpfte gegen das Brennen nicht vergossener Tränen an. Sie verdrängte den Kummer aus ihrem Herzen und drehte sich zu der kleinen Wölfin um.

„Komm schon, Angelita. Lass uns..." Sariel sah sich in dem spärlich eingerichteten Raum um und bemerkte erst spät, dass es für die beiden nichts zu tun gab, außer auf dem Boden zu sitzen und zu warten. Eine Hölle, in der Minuten wie Stunden vergingen, ohne die Möglichkeit, sich abzulenken. „Naja... Scheiße."

Angelita rieb sich fiepend an ihren Beinen, um auf ihre eigene Art Trost zu spenden. Mit einem tiefen Seufzen ließ Sariel ihre Hand in Angelitas Nacken sinken, um die kleine Wölfin zu kraulen.

„Es wird ihm nichts geschehen. Keinem von uns wird etwas geschehen."

Die Worte schmeckten falsch auf ihren Lippen. Würde Bez tatsächlich allein die Männer besiegen können, die sie entführt hatten? Im Zweikampf glaubte sie, Bez könnte es mit jedem aufnehmen. Sogar zwei gegen einen. Aber kein Mensch oder Wolf hatte allein eine Chance gegen ein Rudel, und wenn die Männer als Rudel agierten, war Bez in Schwierigkeiten. Und wenn das Rudel einen Werwolf dabeihatte, war Bez schlichtweg tot.

Mehrere Minuten lang herrschte Stille, die Spannung war hoch, Mensch und Wolf atmeten schnell und schwer, während sie auf irgendeinen Sinneseindruck warteten, der ihnen verraten würde, dass der Kampf begonnen hatte. Minuten, in denen Sariels Magen sich zusammenkrampfte und ihr Herz raste, während sie an nichts Anderes denken konnte als an die Sorge um ihren Gefährten.

Der Kampf selbst begann nicht mit einem Knurren oder einem Knall, nicht laut und spektakulär. Nein, dieser Kampf begann mit einem Schlachtruf von draußen, den man durch eine Art Lautsprechersystem überall hören konnte.

„Hierher, hübsches Mädchen. Komm raus und spiel mit uns.“ Die Worte drangen in den Raum und zerrissen die Stille. Die Stimme kam von einem der Wächter, den beide Frauen fürchteten. Seine Blicke waren zu lasziv, sein Lächeln zu unverhohlen. Sariel hatte ihn von dem Moment an gehasst, als er sie von oben bis unten begutachtet hatte, als man sie in das Hausboot sperrte. Sie hasste ihn noch mehr, weil sie wusste, dass seine Anwesenheit Gefahr für Angelita und ihren Gefährten bedeutete.

„Komm schon, Mädchen“, sagte ein anderer Wolf von der gegenüberliegenden Seite des Hauses. „Dein Rudel hat sich nicht versteckt, als wir es geholt haben. Sie waren vielleicht nicht gut im Kämpfen, aber wenigstens sind sie ehrenvoll gestorben, anstatt sich zu verstecken wie Feiglinge. Na ja, außer deinen Eltern natürlich.“

Sariel packte Angelita, als die Wölfin knurrte, schlang ihre Arme um ihre fellbedeckten Rippen und zog sie in eine enge Umarmung. „Sie versuchen, dich zu ködern, damit du emotional reagierst und einen Fehler machst. Lass sie nicht gewinnen."

Angelita knurrte und schnappte, zappelte und versuchte, sich aus Sariels Griff zu befreien. Sariel packte sie fester und schlang ihre Beine um Angelitas Hüften, um sie ruhig zu halten.

„Sie alle verdienen den Tod für das, was sie deinem Rudel angetan haben. Aber du musst es Bez überlassen, okay? Er wird dafür sorgen, dass sie bekommen, was sie verdienen."

Schließlich schnaubte Angelita und hielt still, wehrte sich nicht mehr. Sariel strich mit den Händen über das Fell des Mädchens und versuchte, sie zu beruhigen, während weitere Provokationen von draußen an ihre Ohren drangen. Die Männer aus dem Lager hatten das Haus umzingelt, was bedeutete, dass Bez drei auf einmal abwehren musste. Sariel war sich nicht sicher, ob selbst ihr noch so starker

Kriegergefährte das schaffen konnte. Vor allem, wenn der Werwolf auftauchte.

„Wie haben sie dich genannt, kleines Mädchen?“, rief ein Mann. Sariel versteifte sich, als Angelitas Kopf sich drehte und angestrengt auf die Tür starrte, die aus dem Raum führte.

Sariel beugte sich zu ihr herunter und zischte: „Nicht...“

„Angelita, richtig? Der kleine Engel des Rudels, der sie alle retten würde.“

Angelita sprang aus Sariels Griff und stürmte zur Tür, ihr Knurren tief und bedrohlich. Sariel wurde gegen die Metallwand geschlaudert, ihr Kopf schlug hart auf. Sterne explodierten vor ihren Augen. Sie wälzte sich, schüttelte das flaue Gefühl in ihrem Magen ab und fasste sich an den Hinterkopf. Scheiße, das tat weh.

Auf allen Vieren näherte sie sich der kleinen Wölfin, die and der Tür kratzte. „Angelita, nein! Lass sie nicht gewinnen.“

„Schätze, du konntest sie wohl doch nicht retten“, rief der Mann mit einem sarkastischen Kichern. „Schon gar nicht deinen eigenen Bruder.“

Angelita knallte gegen die Stahltür, sprang auf ihre Hinterbeine und krallte sich an der Klinke fest, bis das Schloss sich löste. Die kleine Wölfin stieß die Tür auf und rannte auf den Dachboden hinaus, als stünde ihr Schwanz in Flammen. Sariel eilte auf die Füße, wankend, da sich in ihrem Kopf alles drehte, setzte aber dennoch einen Fuß vor den anderen. Sie musste sich beeilen.

Bevor die jüngere Wölfin viel mehr tun konnte, als an dem Fenster im Dachfirst hochzuspringen, holte Sariel sie ein. Sie schlang ihre Arme von hinten um die Wölfin und legte ihr Gesicht an ihr Ohr.

„Sie wollen, dass du wütend wirst und rauskommst. Wir machen Fehler, wenn wir verletzt sind, und das wollen sie ausnutzen. Lass sie nicht mit Worten gewinnen, Liebes. Warte... und schau zu. Lass Bez sein Ding machen."

Angelita wehrte sich verzweifelt, Krallen gruben sich in Sariels Arme und Beine, während ihr Kopf hin und her peitschte, um Sariel zu beißen. Sariel ließ nicht locker. Sie hatte schon viel zu viele Jahre gegen junge Wolfsmenschen gekämpft, um nicht zu wissen, wie man sich vor einem Biss schützen konnte.

„Bald, Angelita. Bald. Lass uns aber zurück in den Schutzraum gehen. Okay? Sonst wird Bez von uns abgelenkt, und das ist das Letzte, was er braucht. Er muss gegen sie kämpfen. Und muss gegen sie gewinnen."

Angelita verstummte, ihr Knurren verwandelte sich in ein Fiepen. Bis die Stimmen wieder ertönten.

„Komm schon, Angelita. Komm raus und lass mich sehen, ob dein Blut so süß schmeckt wie das deiner Mutter."

16

Bez schlüpfte durch die Schatten und blieb tief im Haus, um die Fenster zu meiden. Draußen schrie irgendein Großmaul, aber Bez wusste, dass dieser Idiot nur eine List war. Ein Ablenkungsmanöver, mit dem sie Angelitas Aufmerksamkeit erregen und sie zu einer unüberlegten emotionalen Reaktion bewegen wollten. Wahrscheinlich hatten sie geplant, das Mädchen von ihm und Sariel zu trennen und sie wegzuschleppen. Aber Bez hatte sie eingesperrt, und er würde nicht zulassen, dass sie nach draußen ging, wenn sie den Schutzraum verließ. Außerdem war er noch nie jemand gewesen, der auf Ablenkungsversuche hereinfiel. Wenn ein Mann draußen schrie und Krawall machte, kam irgendwo in der Stille die wahre Bedrohung für Angelita und seine Gefährtin.

Seine *Gefährtin.*

Er konnte Sariel immer noch an sich riechen und sie auf seinen Lippen schmecken, konnte immer noch ihren warmen Körper an seinem spüren. Die Gedanken an sie lenkten ihn ab, aber nur auf die beste Weise. Die Frau war ein wie Feuerwerkskörper, wunderschön und umwerfend und in den falschen Händen gleichzeitig gefährlich. Bez hoffte, dass seine die richtigen Hände waren, denn sobald er die Wölfe losgeworden war, die sich draußen herumtrieben, und sich um den Werwolf gekümmert hatte, von dem er wusste, dass er kommen würde, wollte er ihre Lunte anzünden und sehen, was passierte. Das war seine Motivation. Nicht Befehle, nicht Blazes Wertschätzung oder der Stolz der Wölfe. Er wollte seine Gefährtin in seinem Bau und in seinem Bett. Er wollte, dass sie seinen Namen schrie, während er sie endlos erregte. Die

Wichser da draußen waren nichts als ein Hindernis in seinem Weg.

Die Gedanken an seine Gefährtin abschüttelnd, bahnte sich Bez einen Weg in die Küche und zum Fenster. Er presste seinen Körper dicht an die Wand, während er nach draußen spähte, dann ließ er seinen Wolf in den Vordergrund kommen und gab sich seinen tierischen Sinnen hin. Er roch den Eindringling, bevor seine Augen ihn sehen konnten, nahm den Schatten des dunklen Wolfes wahr, der am Rand des Rasens stand. Das schwere Atmen des Tieres drang an seine Ohren, ein Raspeln verriet ihm, dass der Gestaltwandler nicht mehr gut genug in Form war, um so weit zu rennen. Schwach... das Tier war schwach und müde, eine leichte Beute.

Bez spürte, wie sich seine Eckzähne in die Länge zogen, der harte Zahnschmelz drückte sich durch sein Zahnfleisch, während sich seine Ohren anhoben. Er musste in seiner menschlichen Form bleiben, um zu kämpfen, aber sein Wolf ließ sich nicht einsperren. Die beiden hatten jahrhundertelang auf diese Weise zusammengearbeitet und kämpften am besten, wenn sie sich den Körper teilten. Halb Mensch, halb Tier... ganz und gar tödlich.

Der Wolf draußen wippte auf seinen Pfoten, bereit und wartend auf die Signale, die sein Anführer ihm beigebracht hatte. Erwartungsvoll starrte er zum Haus hinauf und lechzte dabei geradezu nach Angelita und Sariel. Bez knurrte fast, seine Lefzen kräuselten sich über seinen Zähnen, obwohl der schwächere Wolf ihn nicht sehen konnte. Der Wichser würde keine Chance bekommen, seine Mission zu erfüllen.

Langsam und leise kletterte Bez auf die Anrichte und krümmte seinen Körper um den Rand des Fensters. Er hielt seine Atmung ruhig, während er das Fenster nach oben schob, um sich selbst ein paar Zentimeter Platz zu verschaffen. Nicht dass er mehr als das gebraucht hätte. Er hatte seine Waffen nicht ohne Grund gewählt.

Bez schnappte sich ein Chakram aus seiner Tasche und neigte seinen Oberkörper nach hinten, während er vor das Fenster glitt. Der

Metallring glitzerte im Mondlicht, die Kanten schärfer als eine Rasierklinge. Leicht und tödlich in den richtigen Händen, und seine waren definitiv die richtigen. Der Wolf draußen blickte nicht einmal in Richtung von Bez' Fenster, zu sehr war er auf seine Beute konzentriert. Sein Fokus arbeitete zu Bez' Gunsten.

Bez holte tief Luft und richtete sich direkt vor dem Fenster auf. Die Augen des Wolfs huschten zum Glas, aber es war schon zu spät. Mit einem Schwung seines Arms schickte Bez das Chakram durch den kleinen Spalt zwischen Flügel und Rahmen, einen Sekundenbruchteil später traf das scharfe Metall auf die Kehle seines Gegners. Der Wolf gab keinen Laut von sich, hatte kaum Zeit genug, zu realisieren, dass Bez überhaupt im Fenster stand. Er kippte einfach auf die Seite und verblutete auf dem Gras.

Zwei bei den Hausbooten, einer auf dem Rasen, blieben noch zwei. Und eine Bedrohung weniger für seine Gefährtin.

Der Soldat in Bez tadelte sich für diesen Gedanken, selbst als er von der Arbeitsplatte kroch und sich in den Flur bewegte. Sein Job, seine Mission, war es, die Omega herauszuholen, sie in Sicherheit zu bringen und die Männer zu befragen, die sie entführt hatten. Nichts in Blazes Befehlen erwähnte Sariel, da sie keine Informationen über ihre Anwesenheit gehabt hatten, aber um das Ziel zu retten und die Mission zu erfüllen, wäre sie als Kollateralschaden gesehen worden. Man hätte Sariels Tod als notwendig akzeptiert, wenn er sie zurückgelassen hätte, aber er hätte sie nicht zurücklassen können. Blaze und Dante würden diesen Faktor wahrscheinlich ignorieren. Aber das Gesamtziel der Mission zu ändern, von der Gefangennahme zum Töten überzugehen, könnte ihm als Meuterei ausgelegt werden.

Und Bez war das scheißegal.

In diesem Moment, als die Wölfe buchstäblich vor der Tür standen und es Zeit war, die Omega zu schützen, galten seine Gedanken Sariel. Seiner Gefährtin. Seinem Bedürfnis, *sie* zu beschützen, *sie* in Sicherheit zu bringen, *sie* in seinen Bau mitzunehmen und seinen Körper und seine Fähigkeiten einzusetzen, um sicherzustellen, dass niemand ihr jemals wieder zu nahekam. Noch nie hatte er die Anspannung einer Mission so sehr gespürt, die Angst, zu versagen, so stark empfunden. Der Werwolf würde auftauchen, wütend und hungrig und durstig nach Blut. Dem Blut eines weiblichen Gestaltwandlers. Dem Blut seiner Gefährtin. Ein Gedanke, der sein eigenes gefrieren ließ.

Es war Zeit zu kämpfen.

Der Gestaltwandler auf der anderen Seite des Hauses brüllte etwas über das Blut von Angelitas Mutter und änderte damit Bez‘ Richtung und Plan. Er war zu sehr in Gedanken gewesen, wenn man bedachte, in welcher Gefahr sie alle schwebten. Das Großmaul mochte schwach sein und sein Plan einfach, aber der Kerl konnte die Mädchen mit seiner großen Klappe leicht umbringen. Worte konnten einem schneller unter die Haut gehen und jegliche Logik einreißen als alles andere. Angelita war zu jung, und das brachte sie in Gefahr, auf diesen Schwachsinn hereinzufallen.

Bez glitt über den Kachelboden zur Hintertür. Er ließ seine Sinne scharf werden, dehnte sie aus und tastete das Grundstück ab. Immer noch keine Spur von dem Werwolf, aber er konnte zwei andere Wölfe spüren. Bez schlich durch die Hintertür und um die Seite des Hauses herum, hielt sich in dem Schatten des Überhangs und eilte auf den Gestaltwandler mit der großen Klappe zu. Derjenige, der dachte, dass man einen Krieg mit Worten und Gebrüll austragen konnte. Bez wusste, dass es die unterschiedlichsten Arten von Krieg gab, aber er kämpfte am liebsten lautlos, in den Schatten und am Rande. Und er liebte es, seinen Feind zu überraschen.

Bez holte ein weiteres Chakram aus seiner Tasche, atmete aus und konzentrierte sich auf den Mann an der Veranda. Seine Augen wurden schmaler, seine Pupillen öffneten sich, um mehr Licht hereinzulassen. Die Nacht zog sich zurück, die Schatten wurden heller. Bez' Wolf spähte über den Rasen, schätzte die Bedrohung ein und markierte mit tödlicher Präzision jede empfindliche Stelle des anderen Tieres. Bez' Wolf inspizierte sein Ziel, bevor er tief Luft holte und sein menschliches Bewusstsein wieder in den Vordergrund rückte.

„Da bist du ja, Kleine", rief der Mann. Bez' Fokus verpuffte und entschwand in die Nachtluft. Die Mädchen hatten den Schutzraum verlassen. Die Gefahr dieses Kampfes hatte sich gerade in einem Wimpernschlag um zehn Stufen erhöht. Sein Wolf stürmte wieder nach vorne, schärfte seine Sinne, suchte nach jedem Herzschlag, jedem Geräusch, während er sich darauf vorbereitete, auf die einzige Art zu kämpfen, die er kannte. Brutal und schmutzig.

„Komm raus und spiel mit mir. Ich verspreche, dass deine Bestrafung nicht so lange dauern wird wie damals, als ich deinen Vater gehäutet habe. Du kannst auch mitkommen, Blindgänger. Wir haben eine hungrige Bestie, die auf dich wartet."

Bez‘ Sorge um seine Gefährtin verwandelte sich in Furcht, als der Wind sich drehte. Der Gestank von Tod und Fäulnis wehte vom See herüber, fast begraben unter dem ruhigeren, kühleren Geruch des Wassers. Ganz und gar nicht der Ort, an dem Bez den Feind erwartet hätte. Und in diesem Moment wurde sein Magen flau. Bez hatte den Plan falsch eingeschätzt. Die feindlichen Gestaltwandler hatten sich nicht um das Haus verteilt, um die Frauen zu fassen, sobald sie auf das Großmaul reagiert hatten. Sie führten den Werwolf zu seiner Beute, ins Haus. Um Bez' Wolfssinne zu umgehen, war der Werwolf zum Grundstück geschwommen und befand sich nun nur noch wenige Meter entfernt. Er klopfte praktisch an die verdammte Tür. Und seine Gefährtin war nicht mehr im Schutzraum, nicht mehr in Sicherheit.

Unfähig, noch einen Moment länger zu zögern, verlagerte Bez sein Gewicht und zog seinen Arm zurück. Das Chakram glitt ihm aus den Fingern und drehte sich so schnell, dass es durch die Luft pfiff. Nicht ganz die geräuschlose Art, mit der er sonst arbeitete, aber Bez musste zugeben, dass die eine Sekunde der Verwirrung im Gesicht des Mannes, bevor die fliegende Scheibe seinen Kopf traf, ihm eine Befriedigung verschaffte, die er durch nichts Anderes bekommen konnte.

In dem Moment, als das Chakram durch das Fleisch des Mannes schnitt, sprintete Bez zur Eingangstür.

Vier erledigt. Blieb noch einer, wenn Harkens mit den fünf Wachen richtiggelegen hatte. Plus ein Werwolf, auf der Jagd nach dem, was innerhalb kürzester Zeit das Wichtigste in Bez‘ Welt geworden war.

17

STILLE HERRSCHTE, ALS SARIEL IN DEN SCHATTEN stand und sich die Hand vor den Mund hielt. Dieser Mann - der Mann, der sie entführt, ihrem Rudel gestohlen und gegen ihren Willen festgehalten hatte - lag dort unten tot auf dem Boden. Sie wollte Traurigkeit empfinden, sich davor ekeln, dass Bez so gewalttätig und roh war. Sie wusste, dass sie von den Handlungen ihres Gefährten angewidert sein sollte, aber sie war es nicht.

In dieser Situation war nicht Bez der Böse, sondern ihre Entführer.

Dieser ekelhafte Mann hatte ihr Leben zerstört, hatte Angelitas Familie ausgelöscht und sie beide gequält. Letzten Endes konnte sein Tod durch Bez als verdiente Gerechtigkeit angesehen werden, und so wollte Sariel ihn auch sehen. Zumindest war er schnell gestorben. Wäre die Tat ihr überlassen worden, hätte sie ihn vielleicht leiden lassen.

Angelita, die sich fiepend zwischen ihren Beinen hindurchschlängelte, lenkte ihre Aufmerksamkeit von dem Toten ab. Sie folgte, als die rote Wölfin sich näher zum Fenster schlich. Angelita stellte sich auf die Hinterbeine und legte ihre Vorderpfoten auf die Fensterbank. Die kleine Wölfin drückte ihre schwarze Nase an das Glas und beobachtete die Szene, die sich draußen abspielte. Lange, stille Momente lang starrte die Wölfin nur auf den Körper im Gras. Ihr Körper war ruhig und still, sie atmete kaum. Doch dann drehte sie sich um und blickte Sariel mit großen Augen verwirrt an.

Sariel stieß ein tiefes Seufzen aus und legte sich schnell die passenden Worte zurecht. Selbst in

Wolfsgestalt sah Angelita so unschuldig aus, so jung, wie sie da im Mondlicht stand und zu ihr aufsah. Aber sie würde das Mädchen nicht anlügen. Nicht nach allem, was sie zusammen durchgemacht hatten.

„Er ist tot." Sariel strich über Angelitas Kopf und kraulte sie hinter den Ohren. „Wir müssen uns keine Sorgen mehr um ihn machen. Bez hat sich um ihn gekümmert."

Angelita schnaubte und spähte wieder nach draußen, tapfer angesichts einer so schrecklichen Szene. Sariel empfand so viel mütterliche Liebe für die junge Omega und sah so viel in dem Mädchen, was sie sich selbst wünschte. Angelita mochte klein und jung sein, aber tief in ihrem Herzen war sie eine Kriegerin. Und Sariel würde dafür sorgen, dass sie noch sehr, sehr lange kämpfen würde.

Mit leisen, aber sicheren Schritten ging Sariel zum Fenster auf der gegenüberliegenden Seite des Raumes. Zuerst schien der grasbewachsene Rasen ruhig und leer zu sein, frei von Angreifern, aber dann sah sie es. Ein dunkler Klumpen lag auf dem Rasen am Rand der Einfahrt. Zwei Männer waren tot, beide getötet durch die Hand ihres Gefährten.

Sariel fühlte sich fast schuldig, als ein Anflug von Stolz sie überflutete. Bez bewies seine Stärke und sein Können, auch wenn das bedeutete, dass andere Gestaltwandler starben. Die Rudeljustiz konnte hart und grausam sein, aber die Todesstrafe war eine Seltenheit, zumindest dort, wo sie lebte. Dass Bez diese Männer tötete, begeisterte sie nicht, aber sie konnte es ihm nicht verübeln. Er handelte, wie es ein starker Alpha tun würde - tat alles, was nötig war, um sein Rudel zu beschützen. Und zumindest in dieser furchtbaren Nacht, waren sie und Angelita sein Rudel.

Je länger die Stille der Nacht dunkel und schwer wurde, desto dünner wurden Sariels Nerven. Sie wartete darauf, dass Kampfgeräusche ihre Ohren erreichten, aber sie hörte nichts. Nur die Geräusche der Insekten und anderen Nachttieren, die um sie herum ihrem Leben nachgingen. Wo waren die anderen Männer aus dem Lager? Bez hatte gesagt, es wären drei draußen gewesen, was bedeutete, dass jetzt noch einer von ihnen übrig war, und das auch nur, wenn sie den Werwolf nicht mitgebracht hatten. So groß und stark Bez auch war, gefiel ihr der Gedanke dennoch nicht, dass er gegen eine solche Bestie kämpfen musste.

Da sie sich vergewissern wollte, dass es ihrem Partner gut ging, schlich Sariel am Boden entlang zur Zugangsklappe. Sie wusste, dass diese Entscheidung falsch war, aber sie konnte sich nicht helfen. Wie der ahnungslose Teenager in einem schlechten Horrorfilm bewegte sie sich auf die Gefahr zu, statt sich von ihr fernzuhalten. Wenn es ihr gelänge, die Leiter anzuheben, könnte sie vielleicht die Platte heben und nach unten sehen. Aus dem Haus drangen nicht viele Gerüche zum Dachboden, vermutlich war die Decke unter ihren Füßen zu isoliert. Sie musste ihn nur kurz sehen und wittern, dann würde sie Angelita zurück in den Schutzraum bringen und die Tür abschließen.

Sariel hatte zwei Schritte gemacht, als das Geräusch von berstendem Glas die Stille zerriss. Leise, fast melodisch, splitterte es durch die Luft und hinterließ eine schwere Unruhe in der stillen Nacht. Ihr Herz raste, der Pulsschlag pochte in ihren Ohren, während sie auf mehr wartete. Auf einen weiteren Hinweis, was unter ihrem Dachbodenversteck geschah.

Für Sekunden, die viel zu lange dauerten, stand Sariel auf einem Fuß, den anderen ausgestreckt und bereit zum Auftreten, die Zehen spitz, bevor sie den Boden berührten. Doch sie bewegte sich nicht, zu sehr fürchtete sie, ein Geräusch zu verursachen und alles zu vermasseln. Mit einem einzigen Knarren oder Rumpeln.

Mit dem verzweifelten Gedanken im Hinterkopf, dass sie keinen Laut machen durfte, verlagerte Sariel ihr Gewicht auf den Fußballen. Bevor sie ihre Ferse auf den Boden setzen konnte, ertönte ein wütendes, zorniges Brüllen, das das Haus fast bis in die Grundmauern erschütterte. Sariel schrie auf, sprang zurück und stürmte zu Angelita, als unten das Krachen eines wahrhaftigen Kampfes ausbrach. Die Wände bebten, der Boden vibrierte, und das Grunzen und Knurren von Gestaltwandlern in einem Kampf auf Leben und Tod ließ sie über den hölzernen Boden hetzen. Es war nicht das erste Mal, dass Sariel den Lärm hörte, den ein Kampf zwischen zwei Gestaltwandlern verursachte, aber es war das erste Mal, dass sie sich dabei Sorgen um die Sicherheit ihres Gefährten machen musste.

Mit einem Blick auf die Tür zum Schutzraum packte sie Angelita und hob sie in ihre Arme. Um Bez die Konzentration zu ermöglichen, die er brauchte, würde sie dafür sorgen, dass Angelita in diesem sicheren Raum war, egal was passierte. Bez‘ Mission war es, die Omega zu retten, und verdammt, sie würde nicht zulassen, dass ihr Gefährte versagte.

Als die Geräusche näherkamen, hievte Sariel eine wild um sich schlagende Angelita in den Metallraum. Die kleine Wölfin krümmte und wehrte sich und tat ihr Bestes, um sich aus Sariels Griff zu befreien. Aber Sariel ließ sich nicht abschrecken. Sie zerrte den Körper der kleinen Wölfin über die Schwelle und warf ihn vorsichtig in den hinteren Teil des Raumes. Eilig griff sie nach der Klinke und riss an der Tür, aber bevor es ihr gelang, sie zu schließen, verstummten die Kampfgeräusche. Sie wurden nicht leiser, entfernten sich nicht, sondern hörten einfach auf und ließen sie wieder in der schweren Stille allein. Ihr stoßartiger Atem war das einzige Geräusch im Raum.

Sariels Herz raste, als ihr Blick auf die Zugangstür zum Dachboden fiel. Sie wartete. Auf irgendein Zeichen, dass ihr Gefährte immer noch da unten war, immer noch kämpfte.

Dass er noch lebte.

18

Der Gestank von Tod und Fäulnis nahm zu, als Bez um die Ecke des Hauses bog. Im Schatten der Veranda hielt er inne und zog seinen Wolf nach vorne, um ihm einen Vorgeschmack der Luft zu geben. Das Tier in ihm zitterte und knurrte, seine Nackenhaare stellten sich auf. Dieser Geruch bedeutete Gefahr für das Duo, Gefahr und Schmerz. Das letzte Mal, als die beiden einen Werwolf ohne Verstärkung gejagt hatten, waren sie als Sieger aus dem Kampf hervorgegangen... aber nur knapp. Dieses Mal durften sie nicht versagen. In diesem Haus gab es etwas Wichtigeres – etwas Lebenswichtiges für Bez und seinen Wolf. Wichtiger als die Notwendigkeit, Befehle zu befolgen.

Bez pirschte sich durch die Schatten und suchte nach Spuren des Werwolfs. Die Bestie musste vom See hergekommen sein; das machte nur Sinn, wenn man bedachte, dass er seinen Gestank mithilfe des Wassers verbergen konnte. Während er an der Seite des Hauses hinunterschlich, strengte Bez seine Sinne bis zum Äußersten an. Sein Kopf pochte vor Eindrücken - jedes Geräusch des Waldes, jedes Plätschern des Sees -, aber er ließ nicht locker. Er strengte sich noch mehr an und schöpfte seine immensen Fähigkeiten voll aus, bis er schließlich etwas fand. Ein kratziger Atemzug. Fünfzig Meter weiter unten am Ufer, versteckt in den hohen Gräsern, die den größten Teil des Sees umgaben.

Auf diese Stelle richtete Bez seine Aufmerksamkeit und holte mehr von seinem Wolf hervor. Mit angelegten Ohren und hochgezogenen Lefzen schlich er um das Haus herum zur anderen Seite der Garage, bevor er sich auf den Boden legte und in den Schutz des

Grases tauchte. Diese Tötung musste schnell und überraschend erfolgen. Er konnte diesen Werwolf *nicht* in die Nähe der Mädchen lassen.

Es war an der Zeit, den Jäger zu jagen.

Er kroch durch das Gras, leise wie eine Schlange. Für diesen Moment, diese Jagd hatte er all die Jahre trainiert; das wusste er mit unumstößlicher Sicherheit. Vorstoßen, das Ziel eliminieren, wieder verschwinden. Etwas, das er schon tausendmal getan hatte, wenn nicht noch öfter. Die Tatsache, dass das Ziel ein Werwolf war, machte das Risiko ein wenig größer, aber nicht groß genug, um ihn zu bremsen. Er musste die Gefahr eliminieren.

Der Werwolf hockte am Seeufer. Er sah eher aus wie ein Mensch als wie ein Hund, aber tatsächlich ähnelte er keinem von beiden. Sein Gesicht war gezeichnet und gestreckt; in der Mitte eines Gesichts, das eigentlich menschlich hätte sein sollen, stand eine eckige Schnauze hervor. Sein Körper war mit einem borstigen Fell bedeckt, entlang der Gelenke zeigten sich Flecken seiner menschlichen Haut. Die Beine waren gekrümmt und verdreht, die Hände mit dunklen dicken Krallen versehen. Ein wahres Monster.

Während Bez sich näher heranschlich, bis aufs Äußerste konzentriert, drehte ihm ein wachsendes Gefühl des Grauens den Magen um. Von seinem Beobachtungsort aus schien es, als hätten die Entführer die Bestie irgendwie abgerichtet. Der Werwolf saß still, angespannt und bereit, er war völlig auf das Haus fokussiert. Bez konnte die Vorfreude spüren, die von dem Tier ausging, die Aufregung. Es schien lediglich auf irgendeine Art von Befehl oder Anweisung zu warten. Aber es war bekannt, dass man Werwölfe nicht kontrollieren konnte, sobald das Tier den Menschen übermannt hatte. Im Gegensatz zu Gestaltwandlern, die mit ihrer tierischen Seite in einer ständigen, bewussten Verbindung standen, waren Werwölfe nur für ein paar Tage im Monat eine Bestie und den Rest über menschlich. Es gab keine Überschneidung; die menschliche Seite ging manchmal sogar jeden Tag zur Arbeit, ohne zu wissen, dass sie sich in der Nacht in eine solche Kreatur verwandelt hatte. Aber was auch immer dieses Rudel mit der Kreatur angestellt hatte, sie hatten reife Arbeit geleistet. Der Werwolf wartete, sabbernd, was Bez als Anzeichen für Hunger auffasste, und zuckend vor Gier nach weiblichem Fleisch. Zu schade, dass es nicht dazu kommen würde.

Ohne ein Geräusch zu machen, sprang Bez aus dem Gras und auf den Rücken des Werwolfs. Die Bestie gab ein überraschtes Knurren von sich, sprang auf die Beine und schwang die Arme, um den Angreifer abzuschüttelnd. Bez hielt sich am Hals der Kreatur fest, die Krallen seiner Finger durchbohrten die dicke Haut des Werwolfs. Mit den Knien stützte er sich auf seine Hüften, die Hände legten sich um seine Kehle, und Bez erhöhte langsam den Druck, grub seine Krallen tiefer in das Fleisch des Tiers und presste mehr und mehr Blut aus seinem Hals. Werwölfe waren nicht wie Gestaltwandler, die starben, wenn ihr Blut aufhörte zu fließen. Nein, Werwölfe konnten nur durch eine Enthauptung getötet werden. Er hatte kein Chakram mehr übrig, also musste Bez improvisieren, und es blieb ihm nichts übrig, als sich Stück für Stück durch das dicke Fleisch des Wesens zu schneiden. Eine grausame Art zu töten, aber effektiv.

Die Bestie wehrte sich verzweifelt, ließ sich auf den Boden fallen und wälzte sich, aber Bez ließ sich nicht abschütteln. Wenn der Werwolf überlebte, würde seine Gefährtin der Bestie vermutlich zum Opfer fallen. Und das würde Bez nicht zulassen. Nicht einen Moment lang... auf gar keinen Fall. Der Werwolf musste sterben, und Bez würde ihn erledigen - koste es, was es wolle.

Der Werwolf stolperte durch das Gras auf das Haus zu. Er versuchte, zu knurren oder zu brüllen, aber Bez‘ Klauen schnürten seine Kehle zu, und er brachte nicht mehr hervor als ein Grunzen. Als der Bestie die Luft ausging und sie durch den Blutverlust schwächer wurde, sackte der Werwolf in die Knie und riss Bez mit sich. Bez hätte bereit sein müssen, hätte wissen müssen, dass das Tier sich bis zum letzten Atemzug wehren würde, aber er war zu sehr darauf konzentriert, seine Klauen immer weiter durch das stinkende, faulige Fleisch zu graben.

In einem letzten Versuch, Bez loszuwerden, drehte sich der Werwolf auf den Rücken. Er verpasste Bez eine harte Kopfnuss, so dass Sterne vor seinen Augen tanzten. Eine Sekunde, mehr brauchte es nicht. Die Wucht des Schlages zwang Bez, seinen Griff zu lösen, gerade lange genug, dass die Bestie ein kehliges Brüllen von sich geben konnte, das den Boden unter Bez‘ Füßen erzittern ließ. Es war unmöglich, dass die anderen feindlichen Gestaltwandler das Geräusch nicht gehört hatten. Verdammt, aller Wahrscheinlichkeit nach hatten es sogar die Menschen gehört, falls es irgendwo in der Nähe welche gab. Bez' Tarnung war aufgeflogen; kein Kampf mehr im Stillen.

Knurrend sprang Bez auf und gewann seinen Griff um den Hals des Tieres zurück. Die beiden krachten in dem hohen Gras zu Boden, die Bestie bockte und krümmte sich, während Bez sich mit aller Kraft an das Wesen klammerte. Es dauerte länger, als es Bez lieb gewesen wäre, aber schließlich sank der Werwolf erneut auf die Knie. Diesmal behielt Bez seinen Griff um den Hals der Bestie, aber er behielt jede Bewegung des Werwolfs sorgfältig im Auge und achtete auf jedes Quäntchen Kraft, das die Kreatur noch in sich hatte. Zum Glück für ihn war da nichts mehr. Bez packte fester zu und glitt zur Seite, als der Werwolf auf den Rücken fiel, atemlos und benommen, zu erschöpft, um sich noch weiter zu wehren.

Bez nutzte die Position des Monsters zu seinem Vorteil, kniete sich auf seine Brust und setzte einen gestiefelten Fuß unter sein Kinn. Er krallte seine Finger tiefer in das Fleisch des Werwolfs, packte jedes Stückchen Fleisch, das er erreichen konnte, und zerrte daran, während er gegen das Kinn des Tiers trat. Die Bestie bewegte sich nicht mehr, ihr Kopf kippte leicht zur Seite, bis er sich völlig von ihrem Körper gelöst hatte. Bez gönnte sich einen einzigen Moment, gerade lange genug, um dreimal gierig und tief Luft zu holen, bevor er zurück zum Haus stolperte.

Sein Magen wurde flau und er beschleunigte sein Tempo, als er sich näherte. Die Hintertür stand offen, das Glas war zersplittert. Ein sicheres Zeichen dafür, dass der Feind eingedrungen war. Und er hatte keine Ahnung, ob seine Gefährtin wieder im Schutzraum war oder nicht.

Vier erledigt, Werwolf besiegt, nur noch einer übrig. Zumindest hoffte er das.

19

Sekunden dehnten sich qualvoll zu Minuten, während Sariel in der offenen Tür des Tresorraums stand, die Stille drückte auf ihre Schultern wie ein Gewicht. Nicht ein einziger Sinneseindruck; das ganze Haus war lautlos und leer. Die Geräuschlosigkeit beunruhigte sie; fast konnte sie es schmecken. Kein einziges Geräusch aus der Natur durchbrach die drückende Nacht, kein Käfer, kein Tier, kein Wind, der an den Bäumen rüttelte. Die Welt war stehengeblieben, und mit ihr auch Sariels Herz. Zumindest theoretisch.

Angelita strich um Sariels Beine, ihr Fell war eine vertraute Berührung, die Sariel immer noch erschaudern ließ. Langsam bewegten die beiden sich vorwärts, die Augen auf die Zugangsklappe zur unteren Etage gerichtet. Ein Geruch kroch durch die schwere Nachtluft, einer nach Fäulnis, nach Sumpf. Der Gestank, modrig und feucht, wurde immer stärker und schlich sich in ihre stille kleine Welt. Angelita gab ein tiefes, leises Knurren von sich, kaum mehr als ein Flüstern. Sariel blickte auf die Wölfin hinab und brachte sie mit einem Blick zum Schweigen, bevor er einen weiteren Schritt nach vorne machte.

Zwei weitere Schritte über den rauen Holzboden, und Sariel hielt inne. Sie lauschte. Öffnete ihre Sinne für eine Störung der stillen Nachtluft. Irgendetwas kratzte an der Decke unter ihnen, ein leises, raues Geräusch, das Sariels Herz schneller schlagen ließ.

„Bez?“, flüsterte sie und machte einen weiteren langsamen Schritt nach vorne. Ein paar Zentimeter mehr gewonnen. Sie holte tief Luft.

Die Zugangsklappe explodierte, Holzsplitter und Fetzen der Trockenbauwand flogen durch die Luft. Sariel schrie auf und Angelita jaulte, dann stürzten die beiden Frauen rückwärts zu Boden. Ein Mann aus dem Lager, einer ihrer Entführer, sprang durch das entstandene Loch im Boden und landete nur ein paar Meter von Sariel entfernt auf seinen Fußballen.

„Ich habe dich gesucht", knurrte er, sein Blick starr auf Angelitas Wolfsgestalt gerichtet.

„Los", brüllte Sariel und schob das Tier in Richtung Schutzraum, während sie sich hastig aufrichtete. Sie stellte sich zwischen Angelita und den wütenden Gestaltwandler, die Füße fest auf dem Boden, die Hände erhoben und bereit zum Kampf. „Du kannst ruhig weitersuchen, denn du wirst sie nicht noch einmal mitnehmen."

„Ach, wirklich?", fragte er und lachte schnaubend. „Wie genau willst du mich denn aufhalten? Ich habe mich unten um deinen kleinen Wachhund gekümmert."

Sariels Herz zerbrach, ging in Flammen auf, die sie ins Wanken brachten und nichts als vernarbte Wände und eine rußige Wüste in ihrer Seele zurückließen. Ihr Gefährte... er musste von ihrem Gefährten sprechen. Ihrem Bez.

Doch als der Mann einen Schritt in ihre Richtung machte, schob Sariel das Feuer beiseite, das sie von innen heraus verbrannte. Die Trauer um ihren Gefährten musste bis später warten. Wenn Bez tot war, hatte er bis zum letzten Moment für Angelita gekämpft. Das waren seine Befehle, und Sariel würde nicht zulassen, dass er versagte, auch, wenn er nicht mehr lebte. Eine Kraft, die sie noch nie genutzt hatte, vibrierte unter ihrer Haut, und sie gab sie sich ihrer Wölfin hin, überließ der Bestie in ihr die Kontrolle, auch wenn sie äußerlich in ihrer menschlichen Form blieb.

„Du magst an ihm vorbeigekommen sein, aber ich werde dich nicht durchlassen. Nicht heute Nacht.“ Sariel knurrte und duckte sich tief, bereit zum Kampf. Aber kurz bevor sie springen konnte, griff ein muskulöser Arm durch das Loch im Boden und packte den Mann beim Knöchel, riss ihn durch den Boden in das untere Stockwerk. Sariel erstarrte, nicht sicher, ob sie ihren Augen trauen konnte. Sie wusste nicht, ob sie diese Hand tatsächlich gesehen hatte. Groß und dick, sah sie genauso aus wie die Hand, die ihren Schenkel hinaufgeglitten war, die sie mit ihren starken Fingern und ihrer rauen Haut so feucht gemacht hatte.

Sie *kannte* diese Hand.

Als ein bedrohliches Knurren von unten ertönte, eilte Sariel an den Rand des Lochs im Boden. Was sie sah, raubte ihr den Atem. Bez, halbnackt und blutverschmiert, hatte den Entführer in einer Art Schwitzkasten, aus dem sich der Mann verzweifelt zu befreien versuchte. Allerdings rutschte er immer wieder weg, weil so viel Blut auf dem hölzernen Boden verteilt war. Sein eigenes Blut, hoffte sie.

Während der Entführer sich mit Händen und Füßen wehrte, lehnte sich Sariel weiter in das Loch, mit einer Hand stützte sie sich am gegenüberliegenden Rand ab. Das Summen in ihrem Inneren wurde stärker, lebendiger, verwandelte sich in eine physische Verbindung zu ihrem Gefährten. Sie hatte Geschichten über die innere Kraft der Omegas gehört, über die Macht, die sie ihren Rudeln brachten, aber an sich selbst hatte sie nie etwas Derartiges gespürt. Dieses Summen, diese Kraft, kam zweifelsohne von ihrer Wölfin, und sie spürte, wie die Energie von ihr zu ihrem Gefährten überfloss. Sie stärkte Bez den Rücken, auch wenn sie nicht wusste, wie das geschah.

Bez knurrte und zerrte, einen angespannten Moment lang begegneten sich ihre Blicke, bevor er schließlich seinen Stand stabilisierte und den Arm ruckartig um den Hals seines Gegners schlang. Seine klauenartigen Finger schnitten durch das Fleisch, die Spitzen waren blutrot. Ein schneller Tod für einen schlechten Mann, herbeigeführt von einem geschickten Kämpfer. Stark, effizient und wirkungsvoll.

Bez ließ den Körper des Mannes auf den Boden fallen und blickte auf, seine Brust hob sich, als er Sariels Blick begegnete. Gott, er sah so wild aus, so vollkommen animalisch, sogar in seiner menschlichen Gestalt. Ein wahrer Wolf im Körper eines Menschen. Die beiden teilten einen Moment voller Feuer und Leidenschaft, voller Verlangen und Bedürfnis. Einen Moment geteilter Macht und Erleichterung. Ihre Verbindung.

„Alles in Ordnung?“, fragte Bez, seine Stimme rau wie Sandpapier an ihren Ohren. Sariel nickte, unfähig zu antworten. Zu verdammt erleichtert, um so dumme Dingen wie Worten eine Bedeutung beizumessen.

Bez streckte eine Hand aus, ohne seinen Blick von ihr abzuwenden. „Komm hier runter, Sommersprosse.“

Der befehlende Tonfall in seiner Stimme ließ Sariel erschaudern. Ohne zu zögern ließ sie sich durch die Decke fallen und landete mit einem leisen Aufprall. Bevor Bez etwas sagen konnte, hob sie die Arme, schlang sie um seinen Hals und presste ihre Lippen auf seine. Sie ließ jedes Gefühl, das sie empfand, in diesen Kuss einfließen - Angst, Besorgnis, Erleichterung und sogar Lust. So sehr sich Sariel auch vor all dem Tod hätte fürchten müssen, der sie umgab, sie konnte es nicht. Ihren Gefährten so stark und kämpferisch zu sehen, als siegreichen Beschützer, törnte sie mehr an als alles andere, was sie je erlebt hatte. Und sie wollte sichergehen, dass er das wusste.

Bez erwiderte ihren Kuss mit gleicher Inbrunst, ließ seine Hände über ihre Hüften gleiten, um ihren Hintern zu packen und sie von den Füßen zu reißen. Sie schlang ihre Beine um seine Taille, drückte sich fest an seinen Körper und rieb sich an der Stelle, an der er schnell hart wurde. Sie wünschte sich, dass nichts mehr zwischen ihnen wäre. Fleisch auf Fleisch, hart auf weich, wissend, dass die kleinste Bewegung von beiden sie von der dritten Base zu einem Homerun bringen würde. Sie sehnte sich danach. Sie musste wissen, dass, wenn sie nur ihre Hüften wiegte...

Ein leises Bellen von oben brach den Bann zwischen den beiden. Bez zuckte zusammen und schleuderte Sariel gegen die Wand, um sie mit seinem Körper zu schützen. Zu schützen, wie er es immer tat. Sariel knurrte, ihre Zunge leckte über ihre Unterlippe, um den Geschmack ihres Gefährten zu genießen. Sie starrte auf Bez' Mund, sehnte sich nach mehr von seiner Berührung, brauchte ihn auf eine Weise, die der Realität um sie herum trotzen wollte. Aber wenigstens schien es ihm genauso zu gehen. Er knurrte leise, seine Hände drückten ihren Hintern fester, zogen sie näher heran. Ein letztes Mal neckte er sie, bevor er einen Blick auf Angelita warf, die durch das Loch zu ihnen hinunterspähte.

„Immer noch Wolf, hm?" Bez fuhr mit seiner Nase an Sariels Wange entlang, ein tiefes Glucksen grollte in seiner Brust. „Komm, wir holen dich runter."

Zärtlich löste Bez Sariels Beine von seiner Taille. Als ihre Füße den Boden berührten, grub sie ihre Nase in Bez' Brustbein und klammerte sich an seine Arme. Sie zitterte. Wollte ihn nie wieder loslassen.

„Du hast sie beschützt“, flüsterte Sariel. Dann wich sie zurück und starrte voller Stolz zu ihm auf.

Bez‘ eisblaue Augen trafen auf ihre, gefüllt mit tausend unausgesprochenen Gefühlen. „Für dich. Ich habe es für dich getan.“

20

DAS DRÖHNEN DER ANKOMMENDEN FAHRZEUGE TRAF Bez‘ Ohren kaum eine Stunde nachdem der Kampf zu Ende war. Er blickte von seinem Platz auf der vorderen Veranda auf und zog Sariel fester an sich. Sie hatten sich beide die Jogginghosen und T-Shirts angezogen, die Bez in einem der Schränke im Haus gefunden hatte, und sich dann auf den Weg zur Veranda gemacht, da keiner von beiden sich mit all dem Blut und der Leiche im Haus aufhalten wollte. Bez saß mit dem Rücken an der Wand und Sariel hatte sich in seinem Schoß zusammengerollt, ihr Kopf ruhte auf seiner Brust. Angelita lag neben ihnen, ihren

Kopf auf seinem Knie und ihre Pfote auf Sariels Hand. Die waren eng aneinander gekuschelt, was Bez an einen Wurf Welpen erinnerte, in dem sich alle berührten, um einander warm und sicher zu halten.

Und er musste zugeben, dass es ihm gefiel.

Angelita hörte die sich nähernde Truppe ein paar Augenblicke nach Bez, und ihre Ohren spitzten sich. Sie fiepte, als das Geräusch lauter wurde. Das Rattern großer Motoren ließ die Luft förmlich vibrieren.

„Alles gut, Kleine“, sagte Bez und strich ihr mit der Hand über den Kopf. „Das ist mein Rudel.“

Sariel reagierte nicht, drückte sich nur an Bez‘ Brust und schmiegte sich in seine Arme. Ein Gefühl, das er genoss. Wenige Augenblicke später bogen Bez' Schattenwolf-Brüder in die Einfahrt ein. Zwei fuhren auf Motorrädern vor, der dritte bildete das Schlusslicht in einem riesigen Geländewagen. Die Fenster des Trucks bebten von den Bässen der harten Rockmusik, die der Fahrer schmetterte, und Bez‘ Ohren schmerzten.

Trotzdem war er noch nie so dankbar gewesen, sie zu sehen.

„Bleib hier“, flüsterte er Sariel zu, dann warf er einen Blick auf Angelita. „Du auch.“

Er streichelte den Arm seiner Gefährtin ein letztes Mal, dann hob Bez sie hoch und legte sie neben Angelita, während er aufstand und von der Veranda trat. Kinn hoch, Brust raus, bereit, seine Taten zu rechtfertigen, näherte sich Bez seinen Brüdern. Mammon war der erste, der von seinem Motorrad stieg.

„Was geht, Bez? Jagen wir heute Abend?“

„Negativ.“ Bez umarmte den Mann innig und klopfte ihm auf den Rücken. „Alle Ziele wurden eliminiert.“

Levi sprang aus dem Truck und begrüßte Bez ebenso handfest. „Ich dachte, der Befehl wäre Bergung, nicht Eliminierung.“

„Das war er auch.“ Bez wartete, bis Thaus von seinem Motorrad herübergeschlendert kam. Größer als die anderen Schattenwölfe, strahlte der Mann eine Bosheit aus, die die meisten Menschen als abstoßend empfanden. In der Vergangenheit hatte sich Bez daran nie gestört, aber die Nähe seiner Gefährtin ließ ihn umdenken. Thaus würde Sariel wahrscheinlich erschrecken. Er würde auch der kleinen Wölfin definitiv Angst einjagen.

Bez sah jedem Mann in die Augen, als die Brüder einen Kreis bildeten. „Die Mission hat sich geändert, als ich das Lager gefunden habe. Es waren zwei Omegas, nicht nur eine."

„Standard-Kollateralschaden bei der Bergung", murmelte Thaus, seine Missbilligung war deutlich. „Man birgt das Ziel wie befohlen und kehrt zu einem späteren Zeitpunkt mit einer Strategie für die zweite Bergung wieder zurück."

Bez schüttelte den Kopf. „Ich konnte sie nicht zurücklassen. Sie ist eine Omega."

„Wir wären zurückgegangen, um sie zu holen", antwortete Thaus. „Sie mitzunehmen, ohne dich vorbereitet zu haben, gefährdete das Leben der Zielperson. Du hättest die überflüssige Omega zurücklassen sollen, bis wir ein ordentliches Team zusammengestellt hätten."

„Sie ist mehr als nur eine andere Omega. Ich konnte sie nicht zurücklassen, weil sie..." Bez hielt inne; die Worte fielen ihm schwerer, als er gedacht hätte „...sie meine Gefährtin ist."

Die drei anderen Schattenwölfe reagierten nicht, bewegten sich nicht und blinzelten nicht einmal, als sie ihn anstarrten. Bez zuckte unter ihren Blicken nicht zusammen. Er hatte damit gerechnet, dass sie an ihm zweifeln würden - ihre Geschichte deutete eindeutig darauf hin, dass sie ihre Gefährtinnen niemals finden würden. Verdammt, sie dachten wahrscheinlich, er hätte seinen Verstand verloren.

„Unmöglich", grunzte Thaus.

„Es ist die Wahrheit." Bez knurrte warnend und ließ seinen Wolf an die Oberfläche kommen. Er wusste, dass sie die Wahrheit erkennen mussten, wenn sein Wolf sie beanspruchte; er hoffte nur, sie würden dem Menschen zuerst glauben. „Ich habe meine Gefährtin gefunden, und ich hätte sie auf keinen Fall in diesem Lager mit diesen Männern zurückgelassen. Die Bastarde wollten sie als Werwolf-Köder benutzen. Es blieb keine Zeit. Ich traf die Entscheidung aufgrund der Situation, in der ich mich befand, und ich würde es wieder tun."

Levi schüttelte den Kopf. „Blaze wird..."

„Blaze wird das einfach akzeptieren müssen."

Levis Augen wurden groß, seine Überraschung war offensichtlich. Bez hatte sich nie gegen Blaze gestellt. Nicht ein einziges Mal in all den Jahren, seit denen sie für ihn arbeiteten. Dass er bereit war, Blazes Zorn zu riskieren, schien auf den Ernst der Lage hinzuweisen.

„Zeig es mir", sagte Thaus, der immer noch nicht so klang, als glaube er überhaupt an die Möglichkeit einer Schattenwolf-Verpaarung.

Bez nickte und wandte sich wieder der Veranda zu. Sein Wolf preschte in seinem Kopf umher, wütend darüber, dass seine Brüder ihm nicht glaubten, aber Bez war nicht bereit, die Hoffnung aufzugeben, dass sie es noch verstehen würden. Sie hatten viel zu lange partnerlos gelebt, als dass sie bereit gewesen wären, diese neue Verbindung ohne Vorbehalte zu akzeptieren. Bez verstand das. Dennoch machte es das Gefühl nicht einfacher, von seinem Rudel angezweifelt zu werden.

Bez eilte die Treppe hinauf zu einer sehr neugierigen Sariel. „Komm."

Er streckte seine Hand aus und runzelte die Stirn, als Wut in ihren Augen aufblitzte. Angelita knurrte leise, ein warnendes Geräusch. Eines, das er verstand und sich zu Herzen nahm.

„Bitte, Sommersprosse. Kommst du mit mir?"

Sariel hielt inne und sah an ihm vorbei zu den anderen Schattenwölfen, bevor sie ihre kleine Hand in seine legte. Dieser Moment, das Maß an Vertrauen, das sie ihm schenkte, war genug, um die Wut, die in ihm brodelte, zu mildern. Genug, um alle Sorgen in den Hintergrund zu drängen. Sie würden sich gemeinsam um sein Rudel kümmern.

Bez führte sie zu seinen Brüdern und drückte sie dabei fest an seine Seite. Sie zitterte beim Gehen, versuchte aber kein einziges Mal, ihn aufzuhalten oder sein Tempo zu verringern. Ein weiteres Zeichen des Vertrauens, das er zu schätzen wusste. Angelita lief hinter ihnen her; offensichtlich wollte sie nicht zurückbleiben.

„Brüder, das ist Omega Sariel. Sie ist meine Gefährtin.“ Bez stand mit Sariel an seiner Seite vor den anderen Wölfen und starrte jeden von ihnen der Reihe nach an. Dies war seine Gefährtin, seine Schicksalsgenossin, und niemand würde ihm das Recht verweigern, sie so zu nennen, solange sie es erlaubte.

Stille breitete sich zwischen den Gruppen aus, angespannt und dunkel. Bez‘ Wolf drängte nach vorne, bereit für einen Kampf. Bez wusste, dass die Jungs die Veränderung spüren, die Kraft seines Wolfes fühlen konnten. Verdammt, sie würden es in dem Wirbel seiner blauen Augen sehen. Sein Wolf würde ihren Anspruch für sie abstecken, wenn es sein musste; das bedeutete auch, im Zweifelsfall mit einem seiner eigenen

Brüder um seine Gefährtin zu kämpfen. Niemand würde Sariel und ihn auseinanderhalten.

Schließlich, nach weitaus längerer Zeit, als Bez hatte warten wollen, schnaubte Thaus.

„Eine von uns, die endlich ihren Weg nach Hause gefunden hat." Er beugte sich auf Sariels Höhe hinunter und schenkte ihr seine beste Interpretation eines Grinsens. „Alles Gute für dich, Omega, und willkommen in unserem Schattenwolf-Rudel."

„Hey", rief Levi und sah Sariel mit einem gespielten Schmollmund an. „Bekommen wir eine Chance, unsere kleine Schwester kennenzulernen? Oder willst du dich ewig hinter dem großen Klotz hier verstecken?"

Bez lachte und schob Sariel einen Schritt nach vorne, nachdem er seine Arme um ihre Schultern gelegt hatte. „Sariel, das sind Mammon, Levi und Thaus. Drei meiner Schattenwolf-Brüder."

„Äh... hi." Sariel hob eine Hand zum Gruß und klammerte sich mit der anderen Hand an Bez‘

Arm. Er hasste es, dass die Jungs ihr Angst machten, aber er wusste, dass sie lernen würde, ihnen allen zu vertrauen. Sie gehörte jetzt zum Rudel, und Schattenwölfe würden für ihre Rudelmitglieder bis zum Tod kämpfen.

Als Bez sich näher an Sariel schmiegte, um seinen Körper als Schutz vor den anderen Schattenwölfen anzubieten, schmunzelte Thaus.

„Blaze wird dir trotzdem das Fell über die Ohren ziehen."

EPILOG

„Ich muss dich loben, Bez“, sagte Dante, als er sich die kleine Hütte am See ansah. „Das hast du wirklich gut hingekriegt, trotz der zusätzlichen Herausforderungen, die der Job mit sich brachte.“

Bez schürzte die Lippen. „Herausforderungen, Sir?“

„Nun, seiner Gefährtin zu begegnen, kann ziemlich ablenkend sein. Ich sollte es wissen; ich habe es schon zweimal erlebt.“ Er warf einen Blick über seine Schulter zu Blaze und Moira. Die rundliche Wölfin lehnte an der Seite des

Hubschraubers, der sie und ihre Gefährten mit Angelita zurück zum Flughafen bringen würde. Blaze hingegen lief auf und ab und schrie in sein Telefon, offensichtlich verärgert. Wahrscheinlich darüber, dass Bez die Entführer umgebracht hatte. Bez wartete noch immer darauf, vom Anführer der NVLB etwas darüber zu erfahren.

„Ich habe keine Ahnung, wie du es geschafft hast, die Omega in Sicherheit zu bringen, während deine Gefährtin sich in Gefahr befand“, sagte Dante und lenkte damit Bez' Aufmerksamkeit wieder auf sich. „Ich glaube nicht, dass ich das geschafft hätte.“

Bevor Bez antworten konnte, kam Sariel selbst heran und legte ihren Arm um seine Taille. „Er war sehr ruhig und konzentriert. Versagen kam nicht in Frage.“

„Natürlich nicht. Bez versagt nie.“ Dante lächelte und wandte sich an Bez' Gefährtin. „Es freut mich sehr, dich kennenzulernen, Omega Sariel. Ich muss zugeben, deine Geschichte hat mich ein wenig überrascht. Eine Omega, von der wir nichts wussten, und ein Schattenwolf mit einer Gefährtin, wer hätte das gedacht?“

„Ich nicht, Sir.“ Bez grinste, woraufhin Sariel ihm einen spielerischen Klaps auf die Brust gab.

„Sie hat dich durchschaut, Bez. Ich würde aufpassen, was ich sage.“ Dante blickte zwischen den beiden hin und her, sein Grinsen wurde breiter. „Ich bin begeistert davon, dass er dich gefunden hat, Sariel. Bez hier braucht eine gute, starke Frau an seiner Seite.“

Sariel grinste. „Wie die meisten Männer.“

Auf Dantes Lachen verdrehte Bez die Augen und schlang die Arme fester um seine Gefährtin, um zu spüren, wie sie kicherte. „Geht ihr gleich zurück nach Chicago?“

„Ja, Moira und ich wollen die Spezialisten der Wilden Rasse über diesen Vorfall informieren, sobald wir das Team zusammenrufen können. Wir werden sie brauchen, um dieses Nordlager zu finden.“ Er sah die beiden mit erhobener Augenbraue an. „Besonders, da unser erfolgreichster Jäger jetzt für ein paar Wochen ausfällt."

„Ausfällt?", fragte Sariel und sah mit großen Augen zu Bez auf. Dieser warf Dante einen ärgerlichen Blick zu, denn er hatte noch keine Gelegenheit gehabt, ihr die Neuigkeiten zu erzählen.

„Bez hat jetzt eine Gefährtin", sagte Dante mit einem Lächeln. „Ich denke, er möchte sich ein wenig Zeit nehmen, um sich an eure Beziehung zu gewöhnen. Blaze und ich haben dasselbe getan, nachdem Moira unserer Triade beigetreten war. Das machte den Übergang für sie viel einfacher. Außerdem hat sich unser Junge hier eine Pause verdient."

„Unser Junge hat sich eine disziplinarische Anhörung verdient", sagte Blaze, während er auf die Gruppe zugestürmt kam. Er strahlte erbitterte Wut aus, von seinen steif aufgestellten Schultern bis zu dem harten Blick in seinem Gesicht.

„Blaze", begann Dante, aber sein Gefährte ließ ihn nicht ausreden. Blaze ging direkt auf Bez zu und stieß dabei fast mit Sariel zusammen. Bez zog seine Gefährtin knurrend beiseite, um sie so weit wie möglich aus dem Weg zu halten, während er eine schützende Hand auf ihren Arm legte.

„Du solltest die Kidnapper fassen, nicht eliminieren."

Bez weigerte sich, einen Rückzieher zu machen. „Sie waren eine Bedrohung für zwei Omegas."

„Sie waren der Schlüssel, um die anderen zu finden, und du hast sie ohne Erlaubnis abgeschlachtet. Es muss einen anderen Weg gegeben haben."

Fast aus dem Nichts tauchte Levi auf und schob sich neben Bez. „Zweifeln Sie am Wort eines Schattenwolfs, Sir?"

Knurrend wich Blaze einen Schritt zurück. „Bis heute hat mir keiner von euch einen Grund dazu gegeben."

Bevor Bez reagieren konnte, stellte sich Thaus zwischen ihn und Blaze, flankiert von Mammon.

Eine Wand seiner Brüder schirmte Bez ab, Sariel stand geschützt hinter ihnen. Eine Tatsache, die Bez anerkennend zur Kenntnis nahm.

„Unsere Loyalität - obwohl wir sie gnädigerweise mit Ihnen teilen, Blaze - gilt in allererster Linie unserem Rudel“, sagte Thaus mit Blick auf den NVLB-Präsidenten. „Sariel ist eine Omega, aus der Linie der Schattenwölfe. Sie ist vom Blut unseres Rudels und steht daher unter unserem Schutz. Schattenwolf Beelzebub hat mit der vollen Unterstützung aller seiner Brüder gehandelt, als er sie rettete und in Sicherheit brachte.“

Blaze und Thaus starrten einander herausfordernd an, keiner wollte sich geschlagen geben. Bez stand an der Schulter seines Bruders, bereit, sich jederzeit einzumischen und seine Handlungen erneut zu verteidigen. In all den Jahren, seit er mit Blaze arbeitete, hatte er den Mann noch nie so überdreht, so wütend gesehen. Aber Bez würde sich nicht entschuldigen – seine Gefährtin war in Gefahr gewesen. Eine Tatsache, die seine Handlungen rechtfertigte... Punkt.

Schließlich blickte Blaze schnaubend von einem Schattenwolf zum nächsten. „Alle Omegas sind in Gefahr."

„Und wir werden unser absolut Bestes tun, um sie zu beschützen", sagte Thaus und stellte sich neben Sariel. „Jede einzelne von ihnen."

„Das solltet ihr auch." Blaze schüttelte den Kopf, seine Wut verflog ein wenig. „Ich entschuldige mich, Sariel. Ich mache mir Sorgen um deine Omega-Schwestern."

„Das tue ich auch, Präsident Blasius." Sariel blieb mit erhobenem Kopf stehen und sah den mächtigen Gestaltwandler mit festem Blick an. Bez brannte förmlich vor Stolz auf seine Gefährtin, deren Tapferkeit ihn nach wie vor beeindruckte.

Blaze lächelte, die Spannung in der Luft verflog, als er den Kopf schüttelte. „Bitte, nenn mich Blaze."

Angelita tapste vorsichtig heran und hielt sich dicht bei Sariel, während sie die frisch angekommenen Gestaltwandler musterte, die sich auf dem Grundstück eingefunden hatten. Zu Bez und seinen drei Schattenwolf-Brüdern hatten sich acht Mitglieder aus dem nächstgelegenen Clan der Wilden Rasse gesellt, die alle bereit waren, die jungen Omegas zu beschützen. Die Reaktionen der Männer reichten von Erleichterung bis zu Enttäuschung, als sie feststellten, dass Bez die Zielpersonen plus einen Werwolf bereits ausgelöscht hatte, aber sein eigenes Rudel schien am meisten enttäuscht zu sein. Besonders Levi, der eine latente Werwolf-Besessenheit an den Tag legte.

„Bez, tolle Arbeit bei dieser Mission“, sagte Blaze. Bez wusste, dass das so ziemlich alles war, was er an Entschuldigung bekommen würde; nicht, dass die Worte eine Rolle spielten. Solange man seine Gefährtin und ihre Verbindung respektierte, würde er weiter für die Sicherheit der Omegas kämpfen. Aller Omegas.

„Danke, Sir.“

„Und herzlichen Glückwunsch zu eurer Verpaarung. Bitte, nehmt euch etwas Zeit, um euch an euer neues Leben zu gewöhnen. Wir brauchen mehr Schattenwölfe auf der Welt." Blaze lächelte und warf einen Blick über seine Schulter auf den Hubschrauber, aber Bez konzentrierte sich auf Sariel. Ihre Miene war traurig geworden, ihr Blick ruhte auf der roten Wölfin, die sich an ihr Bein lehnte. Sie konnte keine Kinder bekommen, und das bedeutete, dass es keine neuen Schattenwölfe geben würde. Bez war damit einverstanden, war glücklich, sein Leben nur mit ihr zu teilen, aber ihrem Gesichtsausdruck nach zu urteilen, wollte Sariel vielleicht mehr. Und dieses „mehr" war zu diesem Zeitpunkt Angelita.

„Noch mehr Schattenwölfe?", fragte Levi kichernd. „Scheiße, das hat uns gerade noch gefehlt. Winzige kleine Monster, die überall herumlaufen und die Übernatürlichen terrorisieren."

Thaus lachte schnaubend. „Das würden nur deine tun, Levi."

„Meine? Auf keinen Fall. Dazu wird es niemals kommen.“ Levi schüttelte entschlossen den Kopf.

Blaze lachte. „Jetzt hast du es geschafft.“

Levis Stirn zog sich verwirrt in Falten. „Was geschafft?“

„Du hast das Schicksal herausgefordert. Erwarte, dass du als nächstes verpaart wirst, junger Leviathan.“ Blaze grinste und hob fast herausfordernd die Augenbrauen. „Ich freue mich darauf, die Frau zu sehen, die stark genug ist, einen wie dich zu zähmen.“

Levi schnaubte. Er machte einen irritierten Eindruck. „Bei allem Respekt, Sir - Sie sind verrückt. Bez hier ist der erste Schattenwolf seit mehreren Jahrhunderten, der seine Partnerin gefunden hat. Ich kann mir nicht vorstellen, dass irgendeiner von uns anderen sich in nächster Zeit verpaaren wird.“

Blaze grinste nur. „Wir werden sehen, Junge. Wir werden sehen.“

Auf eine einzige Armbewegung von Blaze begannen sich die Rotorblätter des Hubschraubers zu drehen, was anzeigte, dass es Zeit für sie war, zu gehen.

Dante lächelte auf die kleine Wölfin hinunter, die sich immer noch dicht an Sariels Bein schmiegte. „Nun, Kleine. Sieht aus, als wäre es an der Zeit, sich zu verabschieden."

Angelita wich fiepend zurück, versteckte sich regelrecht hinter Bez' Gefährtin. Bez knurrte instinktiv, seinen Schützling so ängstlich zu sehen, gefiel ihm gar nicht. Fast wollte er den Männern sagen, dass Angelita mit ihm und Sariel mitkommen würde. Aber nicht zum ersten Mal kam ihm seine Gefährtin zuvor.

Sariel ließ sich auf die Knie fallen und zog die Wölfin in ihre Arme. „Du gibst mir Bescheid, wenn sie damit fertig sind, dich nach Informationen auszuquetschen, hörst du? Dann bin ich sofort da."

„*Wir* sind sofort da." Bez tätschelte der Wölfin den Kopf. Dann richtete er seinen Blick auf einen finster aussehenden Blaze. „Angelita ist jetzt Teil unseres Rudels, Teil der Schattenwolf-Legende. Sobald das Verhör fertig ist, wird sie nach Hause kommen und mit Sariel und mir leben."

„Bez", sagte Dante, eine Warnung lag in seiner Stimme.

„Sie ist alt genug, um selbst zu entscheiden." Sariel stand aufrecht, ihre Stimme war selbst im Angesicht solch mächtiger Gestaltwandler fest und kraftvoll. Ein perfektes Beispiel für die Stärke und Tapferkeit der Omegas. „Was sagst du, Angelita? Sollen wir dich in ein paar Wochen in Chicago abholen?"

Die junge Wölfin bellte und strich um die Beine der beiden, um ihre Bejahung kundzutun.

Bez sah Blaze mit erhobener Augenbraue an. „Die Entscheidung ist gefallen. Sariel und ich kommen in drei Wochen, um Angelita abzuholen."

„Ich kann sie zurückbringen", sagte Levi und ging in die Hocke, um einen Arm um die Wölfin zu legen. Mit jeder Bewegung machte er seinen Anspruch vor dem Rest des Rudels geltend. „Ich bin auf dem Weg nach Chicago, um mich mit Shadow von der Wilden Rasse zu treffen. Ich bringe sie zu dir, wenn ich fertig bin."

„Noch besser." Bez tätschelte Angelita wieder den Kopf. „Bei meinem Bruder bist du in Sicherheit. Er wird auf dich aufpassen, okay? Und du versuchst weiterhin, dich zurückzuverwandeln, solange du dort bist. Es ist schwer, aber es lohnt sich."

Die kleine Wölfin schnaubte, ging aber mit eingezogenem Schwanz und gesenktem Kopf auf den Hubschrauber zu. Bez spürte einen seltsamen Schmerz in seinem Herzen, als er Angelita gehen sah, denn er wusste, wie viel das Mädchen seiner Gefährtin bedeutete... und auch ihm selbst. Die kleine Wölfin ging langsam über das Gras, offensichtlich verängstigt. Aber sie würde bald wiederkommen, und dann würde er die Verantwortung für sie und Sariel übernehmen. Eine Verantwortung, die ein Gefühl von Stolz und Ehre in ihm hervorrief.

Die Schattenwölfe standen beieinander und sahen den Gestaltwandlern nach, als sie zum Hubschrauber gingen. Mammon, Levi und Thaus... seine Brüder, sein Rudel. Sie hatten ein subtiles V gebildet und hielten Sariel zwischen sich, um ihr neues Rudelmitglied zu schützen. Und obwohl Bez keine Ahnung hatte, wie ihre Anwesenheit beim Rest des Teams ankommen würde, wusste er, dass sie sie alle beschützen würden. Sie war eine Omega, eine der ihren, eine der seltenen Frauen, die sie seit Jahrhunderten verloren geglaubt hatten.

Und dasselbe galt für Angelita.

Ohne darüber nachzudenken, was er da tat, trat Bez nach vorne und pfiff. Blaze, Dante und Angelita drehten sich um, als sie den Hubschrauber erreichten, und blickten gemeinsam mit Moira zurück zu dem Rudel der Schattenwölfe.

„Dein Rudel verdient Gerechtigkeit, Angelita. Und die werden wir für dich besorgen." Bez blickte seine Teamkollegen an, denn er wusste, dass sie alle seinem Beispiel folgen würden, wenn er den Auftrag erteilte. „Wir werden sie alle aufspüren. Jeden Gestaltwandler oder Werwolf, der an der Ermordung deiner Verwandten beteiligt war. Wir werden sie finden, und wir werden sie fangen. Und dann werden wir die Bedrohung durch sie eliminieren. Dir wird nie wieder Leid zugefügt werden. Bei unserer Ehre."

Die anderen Schattenwölfe wiederholten den Schwur mit erhobenen Köpfen und kräftigen Stimmen. Bez kannte die Herausforderung, kannte die Schwierigkeiten und die Gefahr, die sie mit sich brachte, aber er würde das Mädchen nicht im Stich lassen. Er würde nie wieder eine Omega im Stich lassen, und genauso wenig würde sein Team ihn im Stich lassen.

BONUS-SZENE
HEIMKEHR

Der Jeep rollte am späten Nachmittag in eine kleine Stadt, gerade als die Sonne in den flachen texanischen Horizont sank. Wenn man blinzelte, konnte man buchstäblich den ganzen Ort überblicken. Eine Tankstelle, eine Art Minimarkt, ein winziger Haushaltswarenladen und eine ganze Reihe von leeren Schaufenstern säumten die Hauptstraße. Die Häuser und Bauernhöfe lagen weiter außerhalb und waren durch viele Hektar Land voneinander getrennt. Die ganze Gegend war karg, aber auf eine schroffe Art schön. Das Land erinnerte Sariel an den Mann an ihrer Seite.

Sie hatte bereitwillig die Chance ergriffen, den Sumpf hinter sich zu lassen, als Bez sie bat, mit ihm zu gehen. Na ja, er hatte sie nicht wirklich gebeten. Er hatte ihr gesagt, dass sie für eine Weile nach Texas gehen würden, um sich dort einzunisten, für den Fall, dass noch jemand hinter ihnen her war. Aber dieses Mal fügte sie sich seinen Worten... Der Mann wollte seine Gefährtin beschützen. Wenn er der Meinung war, dass seine Ranch in Texas der beste Ort dafür war, dann sei es so.

„Es ist... schön“, sagte Sariel und brach das Schweigen, in dem sie in den letzten Stunden gefahren waren. „Anders als dort, wo ich aufgewachsen bin.“

Bez grunzte und fuhr weiter, vorbei an Drahtzäunen, die die Straße von Kuhherden trennten, die über den flachen Boden streiften, und sattgrünen, bewachsenen Feldern. Zehn weitere Minuten fuhren sie über holprige Feldwege, bevor er den Jeep verlangsamte. Weit draußen, wo die Stadt nur noch eine Erinnerung war, wo Felder und Weiden dem Horizont begegneten. Bez bog auf einen Weg ab, der wahrscheinlich einmal eine Art Auffahrt gewesen war und sie durch eine kleine Baumgruppe führte. Der zerfurchte, fast verlassene Pfad machte eine letzte Kurve und enthüllte das schönste flache Blockhaus, das Sariel je gesehen hatte. Breit und weitläufig mit einer tiefen Veranda, die sich über die gesamte Länge des Gebäudes erstreckte, schrie das Haus nach Heimat, Gemütlichkeit und Familie, obwohl man deutlich sehen konnte, dass schon seit einigen Jahren niemand mehr darin gewohnt hatte.

Bez hielt vor dem Haus an und stellte den Motor ab. Die Geräusche von Vögeln und Insekten erfüllten die Luft und setzten Sariel ein Lächeln auf. Sie drehte sich um, im Begriff, ihn nach dem Haus zu fragen, aber die Worte erstarben ihr auf der Zunge. Er starrte an ihr vorbei, seine Augen glühten fast, sein Kiefer war hart und seine Schultern steif. Sie schwieg und wartete, irgendetwas sagte ihr, dass dieser Moment wichtig für ihn war. Für sie beide.

„Dies ist mein Zuhause“, sagte er schließlich, seine Stimme rau, seine Worte vorsichtig. Sariel wartete auf mehr, betrachtete ihn, beobachtete und lernte. Die Intensität in seinem Blick, das Zusammenpressen seines Kiefers; er schien fast kampfbereit. Vielleicht bereitete er sich auf einen Kampf vor oder...

Oh.

Sariel griff nach seiner Hand und streichelte sie mit ihren Fingern.

„Es ist ein wirklich hübsches Haus“, flüsterte sie, als er schließlich ihren Blick erwiderte. Er reagierte zunächst nicht, aber das hatte sie erwartet, nachdem sie endlich etwas über ihn herausgefunden hatte. Diese stille, verhaltene Seite von Bez bedeutete, dass er nervös war. Er hatte Angst, dass Sariel sein Zuhause nicht mögen würde. Der Mann, der mehr Wolf als Mensch war, machte sich Sorgen, dass sein Bau nicht gut genug für seine Gefährtin sein könnte. Dummer Wolf.

„Wir sollten... Ich will..." Er verstummte, schürzte die Lippen und ballte seine Hand zu einer Faust. „Kann ich es dir zeigen?"

Sariel nickte, nicht ganz sicher, was er meinte, aber immer bereit, ihm zu folgen. Sie stieg aus dem Wagen auf den staubigen Boden und betrachtete das Haus, das ihrem Gefährten offensichtlich so viel bedeutete. Sah den Charme des Gebäudes, die kleinen Details, die man mit Liebe errichtet hatte. Handgeschnitzte Verandageländer und raue Holzplanken, tief in die Wände eingelassene Fenster und große, schwere Eingangstüren. Alles prächtig. Alles schien von Hand gemacht worden zu sein.

„Du hast das gebaut, nicht wahr?"

Bez hielt nur einen Moment lang inne, dann nickte er. Er sagte nichts, aber das war auch nicht nötig. Dies war sein Haus, eines, das er mit seinen eigenen zwei Händen gebaut hatte. Dieses Haus war *er*.

Er ging ihr voraus zur Tür, die Stufen knarrten unter seinen Füßen. Sariel schnupperte, um sich an die Witterungen der texanischen Tierwelt zu gewöhnen und sich zu vergewissern, dass keine anderen Raubtiere in der Nähe waren. Nicht, dass Bez das nicht schon getan hätte. Er würde sie auf keinen Fall in Gefahr bringen.

Bez hielt die Tür offen und senkte seinen Kopf, als sie vorbeiging. Ein leises Knurren durchfuhr ihn. Oh, ja, dass Sariel hier war, machte ihren Gefährten nervös. Sein Wolf zeigte sich deutlicher als sonst. Sie würde besonders hart daran arbeiten müssen, die beiden zu entwirren. Und sie freute sich darauf.

Das große Wohnzimmer, das sie betrat, war nicht möbliert, aber an der Wand sah sie einen großen Kaminofen, und von dem Fenster an der Rückseite hatte man einen fabelhaften Blick über die texanische Landschaft. Eine Küche, etwas, das wie ein Esszimmer aussah, weitläufige Flure, die von jeder Seite abgingen, und eine weitere Tür, von der Sariel annehmen musste, dass sie zu einem Badezimmer führte, vervollständigten den ersten Stock. Rustikal und klassisch, charmant und einfach, war das Haus ein perfektes Beispiel für Bez' Stil.

„Ich liebe es." Sie lächelte Bez an, der mit dem Rücken zur Tür stand und sie beobachtete. Er beobachtete sie immer.

„Gut."

„Nur gut?" Sariel neigte den Kopf, wollte, dass er zu ihr kam, wollte auf eine lustvollste Art seine Hände auf ihrem Körper spüren.

Aber Bez machte keine Anstalten, sich zu bewegen. Er nickte nur einmal und sagte: „Wir werden hier wohnen."

„Das war's?" Seine Beiläufigkeit ließ Sariels Herz einen Schlag aussetzen. Sie wusste, dass er ein Mann weniger Worte war, aber das hier war eine große Sache. Sie würden nicht einfach ein paar Wochen hierbleiben und dann weiterziehen. An der Art und Weise, wie seine Schultern sich versteiften, wie sich seine Hand um den Türknauf klammerte, wusste sie, dass er beabsichtigte, dauerhaft mit ihr hier zu wohnen. Das war seine

Art, nach einem gemeinsamen Leben zu fragen. Aber wieder stellte er ihr keine Frage. Es handelte sich um eine Aussage.

„Das ist alles, was du zu sagen hast?“ Sariel schüttelte schnaubend den Kopf. „Du fragst nicht einmal; du sagst mir einfach, dass ich hier leben soll. Du erwartest, dass du die Ewigkeit mit mir in diesem Haus verbringst, doch du sagst nur das Nötigste. Das ist nicht besonders romantisch, Bez.“

Bez runzelte die Stirn, bevor er schließlich nähertrat und sie in seine Arme zog. „Wenn du süße Worte wolltest, hast du den falschen Gefährten.“

„Offensichtlich“, brummte sie.

Er beugte sich herunter und knabberte an Sariels Unterlippe, was ihr ein kleines Stöhnen entlockte. „Ich bin kein Redner; ich bin ein Macher. Ich bin direkt und mag es, wenn diese Direktheit erwidert wird. Wenn du hier nicht leben willst, sag es mir jetzt. Aber das ist es, was ich will.“

Sariel starrte auf seine Brust, unfähig, ihm in die Augen zu sehen. „Und was ist, wenn ich hier *nicht* leben will? Wo wirst du mich dann lassen?“

„Sommersprosse“, flüsterte er. Sie schluckte hart und sah zu ihm auf, fast fürchtete sie sich ein wenig vor dem, was sie sehen würde. Aber er blickte mit einem Gesicht voller Emotionen auf sie hinab, seine Augen waren weich, seine Lippen kräuselten sich zu einem Lächeln. „Ich habe eine Scheune voller Dinge, die ich dir anbieten kann - Möbel und Gemälde, Schmuck und Zierrat aus aller Welt. Juwelen und Dinge, die die meisten Menschen begehren; Dinge, die ich gesammelt habe, während ich auf dich warten musste. Alles hier auf diesem Land, das mir seit Jahrzehnten gehört. Aber wenn es dir nicht gefällt, wenn du kein Interesse an diesem Ort hast, werde ich alles loswerden. Dann gehen wir woanders hin und fangen neu an.“

„Aber du willst hierbleiben?“

Das Zucken in seinem Augenwinkel war das Einzige, was seine Gedanken preisgab. „Das will ich... Solange es mit dir ist."

Sariels Herz explodierte fast. Für einen Mann, der so sparsam mit seinen Worten umging, hatte er gerade eine Menge gesagt, sowohl mit Worten als auch mit der Bedeutung. Er wollte, dass sie bei ihm war. Und sie wollte dort sein, wo er war.

„Hier." Sariel grinste und klammerte sich an seine Schultern. „Ich möchte hier bei dir bleiben, wenn du mich haben willst."

„Ich werde dich immer haben wollen."

Sie schmiegte sich in seine Arme und stellte sich auf die Zehenspitzen, um sein Kinn zu erreichen. „Bist du dir da sicher?"

Er knurrte, als sie ihm ins Kinn kniff, seine Finger packten ihre Hüften mit einem harten Griff. „Ja."

„Was, wenn wir nicht zusammenpassen?", fragte sie und hob eine Augenbraue. „Wir haben doch eigentlich gerade erst angefangen. Was ist, wenn andere Aspekte unserer Beziehung nicht funktionieren?"

„Wie zum Beispiel was?"

„Sex."

Bez drückte seine harte Länge gegen Sariels Hüfte, rieb sich an ihr und zeigte ihr genau, wie sehr sein Körper sie wollte. „Auf gar keinen Fall."

„Ich weiß nicht so recht." Sie schüttelte den Kopf und warf ihm einen sehr ernsten Blick zu. „Das eine Mal war vielleicht ein Glücksfall. Vielleicht ist unser Sex von nun an nur noch schlecht."

Bez richtete sich auf, offensichtlich schockiert. Sariel lächelte und ließ ihre Hände über seine Brust zu seinen Hüften gleiten, sie liebte es, wie er sich unter ihren Handflächen anfühlte.

„Wir sollten es noch einmal versuchen", sagte sie mit tieferer Stimme und schnurrte geradezu. „Bevor wir irgendwelche großen Entscheidungen treffen, meine ich."

„Was versuchen?“, fragte Bez mit gerunzelter Stirn.

Sariel leckte sich über die Lippe und grinste. „Sex, natürlich.“

Bez‘ überraschter Ausdruck verwandelte sich in ein laszives Lächeln, als er nickte. „Ja, das sollten wir wahrscheinlich. Niemand trifft bei jedem Schuss ins Schwarze.“

„Dann bist du dran“, sagte sie mit einer Stimme, in der ihr eigenes Knurren mitschwang.

Ohne Vorwarnung drehte er sich mit ihr um und drückte sie an die Wand. „Hab‘ ich dich.“

„Ja, das tust du.“

Sanfter als sie erwartet hatte, beugte er sich herunter und küsste sie, seine Lippen legten sich zart auf ihre. Ein schöner Kuss voller Gefühl und Verlangen. Ein Kuss von jemandem, der seine Fürsorge mit Taten zeigte, nicht mit Worten. Ein Kuss von einem Mann, der gerade erst lernte, was es bedeutete, geküsst zu werden.

Als Bez knurrend seine Zunge gegen ihre gleiten ließ, packte er ihre Hüften und hob sie hoch. Sariel schlang ihre Beine um seine Taille und erinnerte sich daran, wie sie vor ein paar Stunden in genau derselben Position gewesen waren, wenn auch mit weniger Kleidung im Weg. Damals hatte Angelita sie unterbrochen, aber hier war außer ihnen niemand, es gab keine Unterbrechungen. Es gab nur Bez und Sariel... und das verzweifelte Bedürfnis, ihren Gefährten zu haben.

„Ich werde dich beanspruchen", flüsterte Bez gegen an ihrer Wange und sprach damit die Gedanken aus, die auch sie gerade im Kopf hatte. „Wenn du das nicht willst, sag es mir jetzt. Andernfalls werde ich dich genau hier auf diesem Boden ficken und dir meinen fordernden Biss geben."

Sariel bewegte sich in seinem Griff, bis sie ihn genau in der richtigen Position hatte, ein paar Lagen Stoff und einen Stoß entfernt von dem, was sie beide so dringend wollten. Und dann brachte sie ihren Mund an sein Ohr und leckte.

„Mach mich zu deinem Eigentum, Soldat."

Und das tat er... mehrfach und in jedem Zimmer des Hauses sowie auf der Veranda. Aber das war in Ordnung, denn es war ihr Haus und sie konnten tun, was sie wollten und wo sie es wollten. Und das taten sie in den Wochen, in denen er mit ihr zu Hause blieb, obwohl sie etwas mehr Rücksicht nehmen mussten, als Angelita wieder bei ihnen war. Aber wie sie erwartet hatten, kamen die Anrufe und Missionen eines Tages wieder, und mit jedem von ihnen mussten sie tage- oder wochenlang fortgehen.

Dennoch war dieses kleine Haus in Texas ihre Heimat geworden, der Ort, an den sie immer wieder zurückkehrten. Mit der Zeit verwandelte es sich von ihrem geheimen Unterschlupf zum Hauptstützpunkt des Schattenwolf-Rudels; jedes Männchen kam, um eine Weile lang bei ihnen zu wohnen und ihr neuestes Mitglied kennen zu lernen. Sariel fühlte sich gesegnet und freundete sich schnell mit jedem ihrer neuen Brüder an. Sie hieß sie in ihrem Zuhause willkommen und zeigte ihnen, was eine Familie war, wofür man ein Rudel hatte, und gab ihnen einen Ort, den sie Heimat nennen konnten.

Ein Ort, an den sie alle gehörten... zusammen.

Danke, dass Sie sich die Zeit genommen haben, WILDE KAPITULATION zu lesen. Ich hoffe, Sie haben Bez und Sariel geliebt, aber wollen Sie wissen, wie es weitergeht? Wie wäre es mit dem Kind des Schattenwolf-Rudels und der Schicksalsgefährtin, die er nie hat kommen sehen? Lesen Sie unbedingt WILDER ZUFLUCHTSORT, den zweiten Teil der teuflischen Schattenwolf Romanze.

WILDER ZUFLUCHTSORT

ÜBER DEN AUTOR

Als Geschichtenerzählerin, seit sie sprechen kann, wuchs USA Today-Bestsellerautorin Ellis Leigh inmitten von Familienlegenden über Spuk, Hellseher und Liebe auf, die man sich über Jahrzehnte erzählte. Diese Geschichten hatten nicht immer ein Happy End und inspirierten die Autorin dazu, über das wahre Leben, die wahre Liebe und die damit verbundenen Schwierigkeiten zu schreiben. Von Bauern bis zu Werwölfen, von Ladenangestellten bis zu Hexen - wo es Liebe zu finden gibt, schreibt sie darüber. Ellis lebt in der Gegend von Chicago mit ihrem Mann, ihren Töchtern und einem deutschen Schäferhund, der sich weigert, jemals von ihrer Seite zu weichen.

Als Kristin Harte schreibt Ellis auch zeitgenössische romantische Spannungs- und kurze, tabulose erotische Liebesromane mit Autorin Brighton Walsh als London Hale.

www.ingramcontent.com/pod-product-compliance
Lightning Source LLC
Chambersburg PA
CBHW030624310726
48979CB00003B/872

* 9 7 8 1 9 5 4 7 0 2 1 5 8 *